FINSTERNIS
Dämmerung II

- Das Finale -

Buchbeschreibung:

Mit diesem Buch schließt sich die Storyline, die mit "Königin der Wölfe" begann, sich über "Dämmerung - Showdown an der Ostsee", "Der Seelenjäger" und "Schattenwald" fortsetzte.

Mit "Finsternis - Dämmerung II Das Finale" bringt H.E. Wolf den Alenya-Zyklus zu einem Abschluss, der es in sich hat.

Über den Autor:

H.E. Wolf wurde 1968 geboren, wuchs in Schleswig-Holstein auf und war in verschiedenen Branchen selbstständig, bevor er mit dem Schreiben anfing.

Nach einem gesundheitlichen Schicksalsschlag 2021, widmete er sich intensiv dem Bücherschreiben. Schon früher schrieb er Kurzgeschichten, aber erst seitdem beruflich. Seine Geschichten sind im Dark-Fantasy- und Horror-Bereich angesiedelt.

H.E. Wolf

FINSTERNIS
Dämmerung II

- Das Finale -

Dark-Fantasy

Bibliografische Information der Deutschen Nationalbibliothek:
Die Deutsche Nationalbibliothek verzeichnet diese Publikation in der Deutschen Nationalbibliografie; detaillierte bibliografische Daten sind im Internet über http://dnb.dnb.de abrufbar.

2. Auflage, September 2024

Verlag: BoD • Books on Demand GmbH, In de Tarpen 42, 22848 Norderstedt
Druck: Libri Plureos GmbH, Friedensallee 273, 22763 Hamburg

ISBN: 978-3-7597-2125-9

INHALT

UND ZU BEGINN DES ZWEITEN
MILLENNIUMS WIRD DIE
TOCHTER VON SATANS
STATTHALTER ERWACHEN.
AUS DEM EWIGEN FEUER
STEIGT SIE EMPOR.

DER MORGENSTERN WIR
ERLÖSCHEN UND DIE
FINSTERNIS WIRD HERRSCHEN,
BIS ZU JENER STUNDE,
IN DER DAS LICHT IN EINEM
DÄMON LEUCHTET.

(PROPHEZEIUNG DES ARAKNIEL,
VOR DEM ERSTEN MILLENNIUM)

I. Die rätselhafte Patientin

Ein Zucken durchfuhr die Frau, wodurch sie aufwachte. Sie hatte krampfartige Schmerzen am ganzen Körper und versuchte sich, in eine andere Position zu bringen. Es fiel ihr schwer, sich von der Rückenlage in eine andere zu bringen. Mühevoll drehte sie sich auf die Seite und stemmte sich mit den Armen vom Boden ab. Eine klebrige Flüssigkeit ließ sie wegrutschen, so das sie wieder auf den Fliesen lag. Die Flüssigkeit hatte einen süßlichen metallischen Geruch, den sie nicht einordnen konnte. In der Dunkelheit konnte sie nicht einmal erkennen, wo sie sich befand.

Es gelang ihr dann doch, sich aufzurichten. Von irgendwo her schien etwas Licht zu kommen, denn sie sah eine Wand aus Holz, an der sie sich entlang tastete. Nach ein paar zaghaften Schritten lehnte sich die Frau an die Holzwand und atmete tief durch.

Sie versuchte, einen klaren Gedanken zu fassen, aber das gelang ihr nicht. Ihr Hirn lief auf Hochtouren, aber es kam zu keinem Ergebnis. Immer wieder stellte sie sich die Fragen: Wer bin ich? Wo bin ich? Wie kam ich hierher? Ihre Erinnerungen waren wie weggeblasen. Alles war weg, bis zu dem Moment, als sie hier aufwachte. Und was war das für eine komische klebrige Flüssigkeit, die langsam hart wurde und ihre Kleidung unbequem machte?

Sie holte nochmal tief Luft und tastete sich weiter an der Wand entlang und stieß mit dem Oberschenkel an ein kleines Schränkchen. Etwas Metallisches klapperte in einem Glasbehältnis. Sie griff vorsichtig hinein und fühlte ein Feuerzeug, das sie sofort benutzte. Die kleine Flamme spendete nur wenig Licht, aber genug, um den Spiegel zwei Meter weiter, zu erkennen. Daneben entdeckte sie einen Lichtschalter. Sie drückte drauf und eine Lampe ging an. Geblendet hielt sie den Arm vor ihre Augen. Langsam gewöhnten sie sich an die neuen Lichtverhältnisse. Sie senkte den Arm und erschrak. Ihre Fußabdrücke waren rot. Sie sah an sich herunter und sah zerrissene Kleidung, die rotbraune große Flecken aufwies. Sie ging zum Spiegel zurück und sah hinein. Sie erschrak erneut.

Sie sah in das faltige Gesicht einer alten Frau mit langen grauweißen Haaren. Aber das war es nicht, was sie aus der Fassung brachte, sondern dass sie blutüberströmt war. Sie sah auf ihre Hände, alles voller Blut. Langsam schlurfte sie zurück in den Raum, aus dem sie gekommen war. Ihre Augen weiteten sich und sie schrie vor Entsetzen auf. Sie hörte gar nicht mehr auf zu schreien, so tief saß der Schock.

Auf dem Teppich lagen in einer riesigen Blutlache vier übel zugerichtete Leichen, zwei Erwachsene und zwei Kinder. Wie von Sinnen lief sie schreiend hinaus in die Eiseskälte, mitten in ein Schneegestöber ...

Die Frau irrte stundenlang orientierungslos durch den verschneiten Wald. Immer weiter. Sie wollte weit weg von dem Ort des Grauens. Sie stolperte, fiel hin, raffte sich auf und lief weiter. Der Schneefall hatte in der Zwischenzeit aufgehört. Die Kälte an ihren nackten Füßen nahm sie gar nicht wahr. Sie rannte durch eine kleine Senke, dann ging es wieder bergauf und sie rannte weiter. Plötzlich hörte sie das laute Hupen von der Seite. Sie drehte sich um und sah in aufblendende Scheinwerfer. Das Auto erfasste sie, schleuderte sie davon. Der Aufprall war schmerzhaft.

Ihren letzten Gedanken *Habe ich mir etwas gebrochen?*, hatte sie noch nicht einmal vollendet, da umfing sie eine tiefe Bewusstlosigkeit.

Piepen und andere Geräusche drangen aufdringlich an ihre Ohren. Sie versuchte, ihre Augen zu öffnen, aber es gelang ihr nur mit dem Rechten. Das linke reagierte nicht. Sie sah eine weiße Zimmerdecke. Ihr Blick wanderte durch den Raum, zu mehr war sie nicht fähig. Es kam ihr vor, als wäre außer dem Auge nichts mehr da. Dann sah sie Metallstäbe, die nach oben ragten. Kamen die aus ihrem Körper? Plötzlich bewegte sich ihr Oberkörper. Schnell realisierte sie, dass es nicht ihr Körper war, der sich bewegte, sondern das Bett. Die obere Hälfte drückte sie langsam ein Stück in die Höhe. Nun konnte sie mehr erkennen. Die Metallstäbe ragten aus Becken, Beinen und dem linken Arm. Was war mit ihr passiert?

Sie bekam Panik. Das Piepen eines der Geräte beschleunigte sich.

„Doktor, schnell! Sie wacht auf!", hörte sie die Stimme einer jungen Frau, die sich dann über sie beugte. Sie schien nicht älter als dreißig Jahre alt zu sein. Es war eine Krankenschwester und legte ihr eine Hand auf den rechten Oberarm.

„Ganz ruhig.", sprach diese auf die ältere Frau ein.

„Sie sind in einem Krankenhaus. Sie hatten einen schweren Unfall und dürfen sich nicht bewegen.", redete die Schwester ruhig auf sie ein.

Langsam beruhigte sie sich wieder. Sie erinnerte sich an die Hupe und die Scheinwerfer, dann der harte Schlag der sie am Oberkörper traf sowie der Aufprall auf der verschneiten Straße. Das Piepen des Gerätes wurde ebenfalls wieder ruhiger und gleichmäßiger. Die Schwester lächelte.

„Haben Sie Schmerzen?", fragte sie. Die ältere Frau bewegte den Mund. Der und ihre Zunge waren ausgetrocknet. Sie versuchte, etwas zu sagen, aber außer einem Krächzen verließ nichts ihre Lippen. Die Schwester hielt ihr einen Becher mit einem Strohhalm an den Mund. Sie half ihr den Trinkhalm mit den Lippen zu fassen. Sie sog vorsichtig daran und kühles Wasser erreichte ihren Mund. Mit Bewegungen der Wangen verteilte sie die Flüssigkeit. Dann nahm sie mehrere Schlucke und sie spürte, wie es durch den Hals rann. Dann ging es ihr etwas besser. Das Wasser tat ihr gut und sie schlief erschöpft ein.

Die Ärzte kamen zur Visite in das Zimmer. Die Frau war beunruhigt wegen der vielen Leute und sah die Schwester, die neben ihrem Bett stand hilfesuchend an. Die legte ihre Hand auf den Oberarm der älteren Frau.

„Na das ist aber schön, dass Sie wieder bei uns sind. Als Sie vorgestern wieder weggeschlummert sind, haben wir uns schon Sorgen gemacht.", sagte einer der Ärzte mit einem Lächeln.

„Sie müssen ein ganzes Geschwader an Schutzengeln auf Ihrer Seite gehabt haben. Haben Sie Schmerzen?", fragte er. Die Frau überlegte und schüttelte kaum merkbar den Kopf, aber der Arzt hatte es gesehen.

„Was ist passiert und wo bin ich überhaupt?", krächzte sie. Sie sah an sich herunter und stellte fest, dass sie noch immer die Stahlstangen im Körper hatte.

Der Arzt nahm seine Brille ab und gab den anderen einen Wink das Zimmer zu verlassen. Nachdem die Tür von außen geschlossen wurde, sagte er:

„Sie wurden mit schwersten Verletzungen eingeliefert. Sie wurden von einem Pick-Up angefahren."

„Wann? Wie lange bin ich schon hier?"

Der Arzt räusperte sich.

„Vor acht Wochen. Sie lagen bis vorgestern im Koma."

Sie schaute wieder zu den Stahlstangen und versuchte, den rechten Arm zu heben. Beim dritten Anlauf klappte es und sie fasste sich ins Gesicht. Sie erfühlte einen gepolsterten Verband über dem linken Auge und auch der Rest des Kopfes war bandagiert.

„Mein Au ..."

„... wird wieder ganz gesund. Wir mussten es operieren, denn Sie hatten Glassplitter drin. In ein paar Tagen können wir den Verband schon entfernen."

Sie seufzte erleichtert, war aber wegen der Gefühllosigkeit und Taubheit unterhalb des Brustkorbs besorgt. Der Arzt sah ihre sorgenvollen Blicke.

„Ihre Beine , Ihr Becken, der linke Arm und die Rippen auf der linken Seite sind mehrfach gebrochen. Wir hatten schon befürchtet, dass Sie die erste Woche nicht überleben. Aber ... Sie sind soweit über den Berg." Er ließ diese Informationen erstmal verarbeiten.

„Ich spüre ab den Rippen abwärts nichts mehr. Bin ich ... gelähmt?", fragte sie ängstlich.

„Nein. Wir mussten Sie mit Schmerzmitteln vollpumpen, aber jetzt kommen wir mal zu dem unangenehmen Teil. Wir wissen nicht, wer Sie sind, wir wissen nicht, was Ihnen zuvor passiert ist und wir haben da etwas in Ihrem Blut festgestellt, dass uns stutzig macht."

„Jetzt kommen Sie mir nicht mit Krebs oder so. Den Scheiß kann ich jetzt am allerwenigsten gebrauchen.", murmelte sie leise.

„Nein, da kann ich Sie beruhigen.", beruhigte er sie.

„Aber ich muss wissen, wer Sie sind. Außerdem müssen Sie mit irgendjemandem Kontakt gehabt haben vor dem Unfall. Denn Sie hatten Fremd-DNA an Körper und Kleidung."

„Ich habe keine Ahnung. Ich weiß ja nicht einmal, wer ich bin oder wo ich hier bin. Wie heißt diese Stadt?"

„Sie liegen in der Ortopedmedicinska Klinik in Malmö."

„Schweden? Oh ..."

„Sie wurden mit einem Rettungshubschrauber hergeflogen, nachdem man Sie in der Nähe von Ahus gefunden hatte."

„Gefunden? Ist der Fahrer einfach abgehauen?", fragte sie zornig.

„Nein. Er ... er kam nach dem Aufprall von der Fahrbahn ab und hat sich überschlagen. Für ihn kam jede Hilfe zu spät. Ein junges Pärchen kam zufällig an der Unfallstelle vorbei."

Sie drehte den Kopf und sah aus dem Fenster. Ihre Gedanken fuhren Karussell.

„Es tut mir leid, aber ich muss ihnen da noch etwas sagen."

Sie drehte ihren Kopf erneut und sah ihn an.

„Was?", fragte sie emotionslos.

„Ihr Blut enthält tierische DNA und ein paar Substanzen, die wir nicht zuordnen können. Haben Sie dafür eine Erklärung?"

„Was für tierische DNA? Das verstehe ich nicht.", antwortete sie überrascht und sah den Arzt fragend an.

„Ihrem Blutbild nach stammen Sie zu neunundneunzig Komma neun Prozent von einem nicht zweifelsfrei zuzuordnenden Tier ab."

Sie sah ihn ungläubig an.

„Sorry, aber kann es sein, dass Sie nicht der Arzt, sondern ein entflohener Patient einer anderen Station sind?"

„Das ist mein Ernst!"

„Sicher ...", sagte sie und drehte ihr Gesicht wieder zum Fenster ohne den Mann weiter zu beachten.

Ando Morton, der Stationsarzt, war enttäuscht darüber, dass ihm seine Patientin nicht glauben wollte. Okay, es ist auch nicht einfach, zu erfahren, dass die eigene DNA zu neunundneunzig Prozent aus der eines Tieres besteht. Außerdem auch eine haarsträubende Aussage, die er selbst nicht für voll nehmen würde. Enttäuscht war er vor allem deshalb, weil er erwartet hatte, dass seine Patientin neugieriger über ihre Herkunft sein würde. Er grübelte, wie er der Frau seine Aussage begreiflich machen konnte, aber zuvor wollte er seinen deutschen Kollegen Dr. Hartmut Dolfinger kontaktieren. Er hatte vor zwanzig Jahren mit ihm zusammen studiert und im Anschluss promoviert. Während Ando Morton Orthopädie als Fachgebiet wählte, hatte Hartmut Dolfinger sich für

Genforschung und Biologie entschieden. Danach hatte er noch einen weiteren Doktortitel in Forensik hinzu erarbeitet. Der könnte ihm bestimmt weiterhelfen. Ando zog sein Adressbuch aus der obersten Schublade seines Schreibtisches und suchte Dolfingers Telefonnummer heraus. Er fand sie und wählte sie über das Tastenfeld des Festnetzapparates. Nach dem vierten Freizeichen wurde abgenommen.

„Dolfinger.", meldete sich eine mürrische Männerstimme.

„Hej Hartmut, Ando Morton hier. Kannst du dich erinnern?"

„Ja Hallo, aber natürlich. Es ist zwar verdammt lange her, aber ja, ich erinnere mich."

Die beiden Männer unterhielten sich eine ganze Weile über alte Zeiten, ihre Studienzeiten und ihren jeweiligen Werdegang. Dann sagte Hartmut:

„Ando, dann lass mal raus was anliegt. Du rufst doch nicht nach dreiundzwanzig Jahren an, nur der alten Zeiten wegen."

„Jetzt hast du mich aber ertappt.", antwortete Ando lachend.

„Ich habe hier ein Problem. Und zwar geht es um eine namenlose Patientin, die hier vor gut acht Wochen eingeliefert wurde. Ein Auto erfasste sie und verletzte sie so schwer, das sie fast daran gestorben wäre. Nachdem eine eingeleitete Bluttransfusion erfolglos blieb, hatte ich einen Abgleich gemacht und Erstaunliches, ja, Unglaubliches festgestellt."

„Jetzt hast du mich aber neugierig gemacht.", warf Hartmut ein. Ando fuhr fort.

„Ich mache es kurz. Ihre DNA besteht zu neunundneunzig Komma neun Prozent aus denen eines Tieres. Außerdem hat sie eine sehr hohe Regenerierungsrate. Sie hat extrem starke Selbstheilungskraft, die aber aus welchen Gründen auch immer deutlich langsamer arbeitet. Ich weiß mir da keinen Rat mehr."

„Du hast nicht zufällig zu viel Science-Fiction-Filme oder Serien geschaut?"

„Nein, da kann ich dich beruhigen. Ich ..."

Der Arzt wurde unterbrochen und rang nach Luft. Schwer rasselte sein Atem. Die Augen geweitet sah er nach unten und sah eine schwarze krallenbewährte Hand. Er erkannte die Krallen als leicht gebogene Klingen, die aus den Fingern wuchsen. Sehnen und zarte

Muskeln verbanden die Metallteile mit der Hand. Dann verschwamm sein Blick.

„Hallo?, Ando? Bist du noch da?", rief Hartmut, der das Röcheln seines Kollegen sowie das Plätschern einer Flüssigkeit hörte.

Ando spuckte Blut. Die Pranke zog sich durch die große Wunde in der Brust zurück. Der rote Lebenssaft spritzte in hohem Bogen mit jedem Herzschlag auf die Tastatur seines Computers und die Schreibtischplatte. Er schmeckte den metallischen Geschmack seines Blutes, das durch Speise- und Luftröhre noch oben stieg und aus seinem Mund quoll. Er bekam keine Luft mehr. Dämmerung umfing ihn und ein reißender Schmerz war das letzte, was er bewusst wahrnahm. Dann fiel er vornüber, mit dem Gesicht auf die Tastatur. Die Blutlache auf dem Schreibtisch wurde immer größer. Seine toten Augen starrten das Telefon an.

„Ando? Sag doch was, verdammt!", schrie der deutsche Mediziner. Eine Hand in einem schwarzen Handschuh nahm dem toten Arzt den Hörer ab und legte auf.

Deutschland, Lübeck. Am nächsten Tag

Das Einfamilienhaus stand am Rande der Hansestadt, weit ab vom Stadtlärm in einer idyllischen Umgebung. Hier außerhalb des Trubels ließ es sich gut leben. Hartmut Dolfinger hatte gerade seinen allmorgendlichen Frühspaziergang erledigt, als der Transporter eines Kurierdienstes vor seinem Haus anhielt. Der Fahrer stieg aus und ging mit einem kleinen Päckchen Richtung Grundstück.

„Kann ich Ihnen helfen?", fragte Hartmut.

„Ja, kennen Sie einen Dr. Hartmut Dolfinger?"

„Ja, das bin ich."

Der Bote überreichte ihm das Päckchen, machte einen Abgleich mit dem Ausweis des Arztes und ließ sich die Übergabe quittieren. Der Kurierfahrer setzte seine Tour fort und Hartmut sah sich die Box genauer an. Es stand kein Absender drauf und sie war kalt.

Er ging ins Haus und spazierte direkt in sein Arbeitszimmer. Als er vorsichtig das Umschlagpapier entfernte kam eine kleine Styroporbox zum Vorschein, die durch ein breites Klebeband abgedichtet war. Er zog es ab und öffnete den Behälter. Obendrauf lag ein Zettel, auf dem der handschriftliche Vermerk ‚*Wichtig*' stand. Hartmut zog eine Augenbraue hoch. Er legte die Polsterfolie bei

Seite und enthüllte drei Ampullen mit Blut und einen USB-Stick in einem kleinen Tütchen. Schlagartig fiel ihm das Telefonat mit Ando am Abend zuvor ein. Die Geräusche am Ende, bevor das Gespräch beendet wurde, trieben ihm erneut einen kalten Schauer über den Rücken. War es das Blut von der unbekannten Frau, von der sein alter Studienfreund und Kollege gesprochen hatte? Was war mit ihm passiert?

Hartmut Dolfinger nahm sich vor noch heute in der schwedischen Klinik anzurufen, um zu erfahren, was geschehen war.

Aus den Notizen des Ando Morton.

Die Patientin weist eine abnormale Heilungsrate auf. Ihre Zellstruktur regeneriert sich nahezu im Zeitraffer. Das CT hat ergeben, dass ihre Knochenheilung um die vierzig mal schneller voranschreitet wie die eines normalen Menschen. Hinzu kommt das unglaubliche Phänomen, dass die DNA der Patienten zu 99,9 % aus der von einem Tier bestand. Ich werde dem auf den Grund gehen und einen befreundeten Arzt konsultieren, um das Geheimnis dieser Frau zu lüften. Diese Blutproben sind die einzigen, die existieren. Ich habe den Krankenbericht abgeändert, um mögliche Gefahren von der Patientin fernzuhalten. Noch etwas, die Blutuntersuchung hat ergeben, dass sich in ihrem Blut eine Substanz befindet, die etwas versucht zu verhindern. Unter dem Mikroskop konnte ich einen „Kampf" beobachten.

Ich gehe davon aus, dass diese Frau kein normaler Mensch ist. Meinen Tests nach ist diese Frau mehr als 3000 Jahre alt.

Hartmut Dolfinger nahm seine Brille ab und war fasziniert und gleichermaßen entsetzt. Er schloss das Fenster auf dem PC, entfernte den USB-Stick vom Rechner und verwahrte ihn in seinem Tresor. Die Blutproben hatte er zuvor in seinem Labor im Keller schon in einem geheimen Kühlfach verstaut.

Er machte sich Sorgen um Ando Morton und beschloss in der Klinik in Malmö anzurufen.

Krankenhaus in Malmö

Schwester Solveig Gunnarsson saß im Pausenraum ihrer Station und nutzte ihre Pause für eine kleine Auszeit mit Kaffee und einer Zigarette. Sie stand am geöffneten Fenster und sah, wie ein silberner Saab und ein Volvo Kombi Streifenwagen am Haupteingang vorfuhren.

Aus der silberfarbenen Limousine stieg eine leicht pummelige Frau aus, aus dem Polizeiwagen zwei uniformierte Beamte. Zielstrebig gingen sie auf das Klinikgebäude zu.

Solveig hörte Schritte und drehte sich um. Ihre Kollegin Clara nahm sich ebenfalls einen Kaffee und gesellte sich zu ihr. Die beiden hatten zur selben Zeit mit ihrer Ausbildung angefangen. Jetzt, mit 22, standen sie kurz vor ihren Abschlussprüfungen.

„Schrecklich, das mit Dr. Morton.", sagte Clara.

„Ja. Und echt seltsam, dass seine Patientin ausgerechnet nachdem mit blutbesudelten Händen in ihrem Bett lag. Wie kann das nur sein? Die Frau hat zwei zertrümmerte Beine und ihr Becken hält auch nur mit Draht, Nägeln und Schrauben zusammen. Es ist mir unbegreiflich wie sie in sein Büro gekommen sein soll."

„Das wird die Polizei schon herausfinden."

Solveig lachte.

„Die finden doch nicht mal den Ausgang in einer geschlossenen Telefonzelle.", erwiderte sie verachtend. Seit ihrer Vergewaltigung vor zwei Jahren war sie nicht gut auf die Polizei zu sprechen. Hatten sie doch alle Beweise vernichtet und zerstört, worauf die Ermittlungen damals eingestellt wurden. Sie hatte dieses traumatische Erlebnis dennoch verhältnismäßig gut weggesteckt. Aber ihren Peiniger würde sie jederzeit wieder erkennen und dann würde sie sich an ihm rächen. Das hatte sie sich damals geschworen.

Sie drückte ihre Zigarette aus und schloss das Fenster. Sie wollte gerade den Pausenraum verlassen, da kamen ihr die pummelige Frau und die Polizisten entgegen.

„Frau Solveig Gunnarsson?", fragte die Beamtin.

„Ja. Was kann ich für Sie tun?"

„Yelena Svedberg, Kripo Malmö.", stellte sie sich vor und zeigte ihren Dienstausweis.

„Sie haben sicher schon gehört, dass ihr vorgesetzter Dr. Ando Morton letzte Nacht verstorben ist."

„Nach allem, was ich gehört habe, ist er bestialisch abgeschlachtet worden. Wer macht so etwas?"

„Um das herauszufinden sind wir hier."

„Ach ... genauso toll, wie Sie herausgefunden haben, wer mich damals vergewaltigt hat?", antwortete sie bissig.

„Dann war es mit Dr. Morton am Ende bestimmt nur Herzstillstand."

„Nun fahren Sie mal einen Gang runter und beruhigen sich. Wo waren Sie, als der Doktor getötet wurde?"

„Auf Station meinen Dienst machen, was denn sonst?", knurrte Solveig patzig. Sie machte keinen Hehl daraus, dass sie die Polizei verachtete.

Einer der uniformierten Polizisten hielt Yelena Svedberg ein Tablet hin und zeigte auf etwas auf dem Display. Sie las sich die Infos durch.

„Oh ...", entfuhr es ihr. Sie sah wieder die Schwester an.

„Frau Gunnarsson, ich habe da vielleicht eine gute Nachricht für sie. Aber das ändert nichts an der Tatsache, dass ich auf Ihre Mithilfe zählen können muss." Sie sah Solveig schräg mit fragendem Blick an.

„Kommen wir überein?"

„Vielleicht, wenn Sie mir sagen, was Sie eine gute Nachricht nennen. Selbst dann nur falls mir Ihre Antwort zusagt."

Die pummelige Kripobeamtin sah die Schwester lauernd an und grinste.

„Sie erinnern mich an jemanden und damit haben Sie soeben ein paar Sympathiepunkte ergattern können. Aber bevor wir hier weiter machen: Der Kollege, der damals in ihrem Fall ermittelte, wurde vor einer Stunde wegen Korruption verhaftet und man hat all seine Fälle wieder aufgerollt. Ihrer wurde mir zugeteilt."

Solveig konnte es nicht fassen.

„Echt jetzt? Kein Trick?"

„Kein Trick!", antwortete Yelena und reichte der Krankenschwester die Hand.

„Gibt es hier eine Cafeteria?", fragte sie.

„Ja, im Erdgeschoss."

„Dann gehen wir jetzt etwas trinken und werden reden." Sie drehte sich zu ihren Kollegen um.

„Und sie beide werden alle, die letzte Nacht zwischen 22 und 2 Uhr Dienst hatten, befragen."

Darauf hin gingen die beiden Frauen zum Fahrstuhl.

„Solveig, wie haben Sie davon erfahren was mit Dr. Morton passiert ist und wo waren Sie da?"

Die junge Frau schaute betroffen zu Boden. Sie kaute auf ihren Fingernägeln. Der Fahrstuhl stoppte im Erdgeschoss und sie gingen einen langen Gang entlang, bis sie das hauseigene Restaurant erreichten. Sie setzten sich an einen Tisch. Eine junge Bedienung kam zu ihnen.

„Hej Solveig, was kann ich euch bringen?"

Dann grüßte sie die Polizistin mit einem Kopfnicken.

„Zwei Kaffee." Das Mädchen verschwand zum Bedientresen.

„Ando ... Dr. Morton und ich waren Freunde. Ich wollte ihn bitten, meinen Dienstplan für die nächsten Tage auf Frühschicht zu ändern. Ich ging in sein Büro und da habe ich ihn gefunden. Alles war voller Blut. Ein riesiges Loch in seinem Rücken. Man konnte bis zur Tischplatte hindurch ..." Schlagartig war es vorbei mit der Coolness der Krankenschwester. Sie knallte mit der Stirn auf die Holzplatte des Bistromöbels und weinte bitterlich. Yelena war von diesem emotionalen Ausbruch überrascht und fühlte sich hilflos. Sie sprang auf, riss einen Stuhl vom Nachbartisch und setzte sich neben die junge Frau. Eine der alten Damen motzte laut los.

„Unerhört! Stellen Sie sich vor, da hätte jemand gesessen. Und sowas nur wegen einer flennenden Göre?" Yelena schaute die alte Frau an.

„Wenn Sie nicht augenblicklich Ihre ungewaschene Klappe halten, flennen Sie. Aber nicht vor Freude, das versichere ich Ihnen!", gab die pummelige Polizistin wütend zurück. Prompt herrschte an dem Tisch Grabesstille.

Yelena nahm das Mädchen in den Arm und tröstete es, so gut sie konnte.

Der internationale Flughafen Malmö war gut besucht. Es herrschte reger Verkehr. Trotz des kalten Wetters und dem starken Schneefall war der Betrieb störungsfrei am Laufen. Der einstündige Flug fand ohne Vorkommnisse statt und die Landung verlief planmäßig. In der Abfertigungshalle stand ein Taxifahrer, der ein Schild hochhielt.

‚Dr. Dolfinger', stand dadrauf geschrieben. Ein älterer Mann kam auf ihn zu und begrüßte ihn.

„Sören, alte Socke."

„Hartmut, schön dich mal außer im Urlaub zu sehen.", antwortete der Däne. Die beiden Männer umarmten sich. Der Arzt kannte den jungen Mann von seinem jährlichen Urlauben auf Bornholm. Aber seit seine Frau vor drei Jahren verstarb, hatten sie sich nicht mehr gesehen.

„Was treibt dich her?"

„Ein alter Studienfreund ist gestorben und ich muss da einige Dinge klären. Kannst du mich zur Polizei bringen?"

„Ui, klingt spannend. Welches Revier?"

„Porslinsgatan."

„Gleich zur Kripo? Na das klingt ja wichtig."

„Kann man so sagen. Kannst du dich bitte beeilen, ich habe einen Termin in einer Stunde."

„Klar, kein Problem.", antwortete Sören, startete den Motor und fuhr los.

Eine Polizistin begrüßte Hartmut. Der Empfangsbereich war geräumig und modern eingerichtet. Er sah sich beeindruckt um.

„Kann ich Ihnen helfen?", fragte die Frau.

„Ja, ich habe einen Termin bei Frau Svedberg."

„Worum geht es?"

„Sorry, aber ich bin nicht die Auskunft. Frau Svedberg kennt mein Anliegen und das ist ausreichend.", antwortete der Arzt schroff.

„Dr. Dolfinger, die Freundlichkeit gehört eindeutig nicht zu ihren besten Fähigkeiten.", erklang hinter ihm eine Frauenstimme. Er drehte sich um und sah in ein breit grinsendes Gesicht.

„Hej, Hartmut."

Der Arzt lächelte.

„Hej, Yelena. Schon aus Wacken zurück?"

„Schon ist gut. Das ist Monate her. Und unter solchen Umständen wie damals bekommen mich keine zehn Pferde wieder dahin."

Die beiden kannten sich schon, seit Yelena ein Teenager war. Ihr Vater hatte nach seiner Scheidung zehn Jahre im Haus ein paar Kilometer von seinem entfernt gewohnt. Er war genau wie Hartmut mit Gentechnik und Biologie beschäftigt. Allerdings wurde er vor sechs Wochen ermordet, nachdem er mit einem Unfallopfer nahe Ahus konfrontiert wurde.

„Mein aufrichtiges Beileid.", bekundete er betroffen. Yelena nickte, sah aber sehr gefasst aus. Sie ließ sich nicht hinter die Fassade schauen.

Er grübelte und da schoss ihm eine Idee durch den Kopf.

„Tut mir leid, wenn ich da gleich mit der Tür ins Haus falle, aber kommt es dir nicht auch komisch vor, dass die Toten sich häufen, seit die geheimnisvolle Frau in der Klinik liegt?" Yelena sah ihn verblüfft an.

„Jetzt wo du es sagst ja."

„Dann wird dir das noch komischer vorkommen!",
sagte er und wedelte mit einem Schnellhefter, den er
kurz zuvor aus seiner Aktentasche gezogen hatte.

„Aber hier möchte ich nicht mit dir darüber reden.
Lass uns in dein Büro.", sagte der Arzt.

2. KOPFLOSE FLUCHT

Yelena schenkte zwei Becher Kaffee ein und reichte Hartmut einen.

„Wie hast du von Doktor Mortons Tod eigentlich erfahren?", fragte sie.

„Er rief mich an und ich war wahrscheinlich der Letzte, der ein Lebenszeichen von ihm hörte. Ich denke sogar, dass er während des Telefonats starb. Heute morgen
habe ich die Klinik angerufen und man sagte mir, dass er
verstorben sei."

„Ja, leider. Es war ein grauenhafter Anblick." Beide
schwiegen einige Zeit und widmeten sich dann allen
Infos, die sie vor sich liegen hatten.

Gemeinsam durchforsteten sie bis tief in die Nacht hinein die Akten über die grausamen Mordfälle der letzten
zwei Monate. Immer wieder kamen sie zu demselben Ergebnis: Die Fäden liefen bei der unbekannten Patientin
zusammen. Die Liste wurde stetig länger. Yelenas Vater,
ein Notarzt und nun Doktor Morton.

„Hast du sie denn schon befragt?", fragte Hartmut.

„Nein. Sie zieht es vor, ständig ins Koma oder einen
langanhaltenden Dämmerschlaf zu fallen."

„Kann das gespielt sein?"

„Glaube ich weniger. Die Ärzte bestätigen eine unde-
finierbare Schwäche."

Hartmut grübelte und zermarterte sich das Hirn.

Dann fiel ihm ein, dass er eine Kopie des Berichtes von Ando dabei hatte.

„Schau dir das mal an, aber du musst es sicher verwahren. Das darf keiner zu Gesicht bekommen, nicht einmal deine Kollegen." Yelena nickte und blätterte alles durch. Auf der Seite mit den abnormalen Eigenarten des Blutes stoppte sie. Sie las es sich aufmerksam durch, dann klappte sie die Akte zu.

„Wir müssen später unbedingt zu dieser Patientin."

„Was soll das bringen, wenn sie ständig wegsackt?"

Das Telefon klingelte und nach ein paar Minuten legte sie auf und war blass im Gesicht.

„Was ist passiert?", fragte Hartmut.

„In der Nähe von Ahus wurden in einem Haus im Wald vier Leichen gefunden. Alle übel zugerichtet und verstümmelt."

„Und wann ist das passiert?"

„Vor gut acht Wochen, ungefähr zu der Zeit als die unbekannte Patientin eingeliefert wurde. Sie wurde nicht mal drei Kilometer vom Tatort entfernt gefunden."

Der Arzt war sprachlos. Yelena kam auf die Akte zurück.

„Wie erklärst du dir das mit der tierischen DNA und ... wenn sie tatsächlich über 3000 Jahre alt wäre, dann müsste sie doch ..."

„... eigentlich eine Mumie sein.", vollendete Hartmut den Satz der Polizistin. Sie sah ihn an.

„Wacken ...", flüsterte sie.

„Wacken? Wie kannst du jetzt an ein Festival denken?"

„Nein nein, ich hatte doch den merkwürdigen Fall, der mich da hingeführt hatte. Ich habe dort schräge Leute kennengelernt, das glaubst du nicht."

Sie griff zum Telefon und wählte die Nummer der Zentrale.

„Verbinden Sie mich bitte mit der Templerkomturei in Tempeldorf, Deutschland.", sagte sie.

„Templer? Die gibt es seit bummeligen 700 Jahren nicht mehr.", murmelte er und zog eine Augenbraue hoch.

„Sicher? Wenn du wüsstest, was es alles gibt ...", antwortete sie müde lächelnd. Zwei Minuten später stand die Verbindung nach Deutschland.

„Sei gegrüßt, Bruder Pierre."

Krankenhaus Malmö, Schweden
Solveig und Clara hatten Feierabend. Sie standen noch vor dem Haupteingang im Raucherbereich und qualmten eine Zigarette zum Kaffee.

„Was ist denn nun bei dem Gespräch mit der Polizistin rausgekommen?", fragte Clara.

„Die Ermittlungen wegen der Vergewaltigung werden wieder aufgenommen, weil der Polizist von damals wegen Korruption aus dem Rennen genommen wurde..", antwortete Solveig.

„Das ist ja toll, aber ich meinte eigentlich wegen Doktor Morton."

„Scheinbar ist die Patientin nicht ganz ohne. Aber sonderlich weit sind wir nicht gekommen, weil ich zusammengeklappt bin. Das war einfach zu viel für mich."

Sie holte tief Luft und wollte fortfahren, da wurden die beiden Frauen von einem lauten Knall aufgeschreckt. Glassplitter fielen herab und etwas Großes schlug mit voller Wucht durch das Dach eines Rettungswagens. Die Seitenfenster platzten und die Türen sprangen auf. Für einen Moment herrschte totale Stille. Im Inneren des Fahrzeugs blitzte und funkte es. Leichter Rauch quoll aus dem Wagen. Plötzlich kam noch etwas von oben direkt durch das Loch im Dach des Rettungswagens. Er fing an zu schaukeln und aus dem Innenraum hörte man Schreie, Brüllen und lautes Fauchen. Die Seitenwand flog krachend auseinander und eine Gestalt sprang heraus. Eine flache silbrige Maske verhüllte das Gesicht. Die Sehschlitze waren schwarz glänzend und die Kapuze eines schwarzen Hoodies verbarg Kopf und Oberkörper. Schwarze Handschuhe, Lederhose und Stiefel komplettierten das Outfit. Die Gestalt rannte auf die Krankenschwestern zu. Im selben Augenblick verließ die unbekannte Patientin das zerstörte Fahrzeug und stützte sich daran ab.

„Vorsicht!", brüllte sie, aber zu spät.

Aus den Fingerkuppen der Gestalt schossen fingerlange Klingen, die wie gebogene Krallen aussahen, heraus mit denen sie Claras Gesicht und Bauch zerfetzte. Das Blut spritzte und mit einem lauten platschen fielen ihre Eingeweide zu Boden. Sie sank auf den gepflasterten Weg. Ihr Körper zuckte noch kurz, dann war es vorbei. Solveig konnte sich mit einem Sprung zur Seite retten und sah die Patientin, an deren Armen aus heiterem Himmel Blut war. Die Gestalt hingegen suchte schnell das Weite.

„Hilf mir ... ich muss hier weg.", stammelte die Patientin. Solveig sah die Angst und Panik in ihren Augen. Sie sah sich um und entdeckte einen VW Transporter mit laufendem Motor. Der Fahrer stand ein paar Meter entfernt und telefonierte. Die Krankenschwester stützte die mit Metallschienen und Bolzen gespickte Frau und schlich sich zu dem Transporter. Sie öffnete die seitliche Schiebetür, schob die Unbekannte rein, schloss die Tür von innen und hüpfte auf den Fahrersitz. Sie verriegelte das Fahrzeug und fuhr mit durchdrehenden Rädern los. Der Besitzer konnte sich noch mit einem Hechtsprung in Sicherheit bringen. Er sah seinem Auto hinterher und fluchte.

Solveig sah im Rückspiegel den tobenden Mann und das brennende Rettungsfahrzeug.

„Clara ...", flüsterte sie mit Tränen in den Augen, die sie sich mit dem Ärmel ihres Pullis aus dem Gesicht wischte und gab Gas. Sie glaubte, es wäre das einzig Richtige, wenn sie die Frau hier wegschaffte.

Eine ältere Krankenschwester deckte gerade die Leiche ihrer Kollegin ab, als Yelena und Hartmut am Krankenhaus eintrafen. Sie sahen den ausgebrannten Rettungswagen, der von der Feuerwehr kurz zuvor gelöscht wurde. Außer dem stählernen Gerippe der Fahrerkabine und den Achsen war nicht mehr viel übrig von dem Fahrzeug. Nur mit etwas Kenntnis und Fantasie konnte man erkennen, was für ein Gefährt es einst war.

„Der sieht ja aus, als hätte da ein Dinosaurier reingetreten.", murmelte der Arzt aus Deutschland. Hartmut sah Yelena an und kniete neben der abgedeckten Leiche.

„Darf ich?", fragte er und zog sich blaue Einweghandschuhe an. Sie nickte und sah nach oben. Neugierige Patienten und Personal schauten auf den Ort des Geschehens.

Der deutsche Arzt legte das Laken zurück über die Tote. Er erhob sich, zog die blutigen Handschuhe wieder aus und wandte sich Yelena zu.

„Auch wenn es grausam klingt, aber sie dürfte nicht allzu sehr gelitten haben. Sie war vermutlich schon tot bevor sie den Boden berührte.", murmelte er betroffen.

„Es ist grauenhaft, zu was Menschen fähig sind."

„Wer sagt, dass es ein Mensch war?", erwiderte Yelena.

„Du ... willst mich jetzt wohl auf den Arm nehmen."

„Keineswegs. Wenn du wüsstest, was ich schon erlebt habe ..." Sie steckte sich eine Zigarette in den Mund und zündete sie an.

„Du rauchst wieder? Seit wann denn das?"

„Seit ein paar Monaten. Aber dafür trinke ich kaum noch Kaffee, sondern Tee und statt hartes Zeug nur noch Met."

„Ich bin erstaunt. Was ist Met?"

„Das du Sekt schlürfender Akademiker so etwas Edles nicht kennst, war mir klar.", lästerte Yelena lachend. In diesem Moment kam eine uniformierte Polizistin zu ihr.

„Es gibt drei Augenzeugen. Zwei sagen das Gleiche nur die Dritte fällt total aus dem Rahmen."

„Wo sind die?"

„Gleich hier vorne beim Empfang." Yelena deutete ihrer Kollegin vor zu gehen. Sie und Hartmut folgten ihr.

Ein Pfleger, ein Assistenzarzt und eine Schwester warteten ungeduldig auf Yelena.

„Du spinnst doch mit deinen Märchen! Hör einfach auf dir immer diesen Scheiß im TV anzuschauen und lies mal anständige Bücher!", maulte der Arzt die junge Blondine an. Die pummelige Polizistin griff sich die Schwester.

„Kommen Sie mal mit.", sagte sie und zog das Mädchen hinter sich her. Sie sah Yelena groß an.

„So, nun erzählen Sie mal, was genau passiert ist."

Es sprudelte wie ein Wasserfall aus dem Mädchen heraus. Sie erzählte der Polizistin alles, was sie gesehen hatte.

„... und dann verschwand die Gestalt da in der Wand." Mit diesen Worten beendete sie ihre Aussage.

„Und da sind Sie sich ganz sicher?", fragte Yelena nach.

„War ja klar, dass Sie mir auch nicht glauben wollen!", knurrte die Schwester und zog ein schmollendes Gesicht.

„Ok. Bleiben Sie bitte hier.", sagte die Polizistin, holte ihr Smartphone aus der Jackentasche und wählte eine Nummer. Nach einem kurzen Moment wurde aufgenommen.

„Bruder Pierre, es ist genau so, wie ich es befürchtet habe. Es sind Wesen."

„Heißt das, dass Sie mir glauben?", warf die Schwester fragend ein.

In den Wäldern bei Ljungby

Solveig lenkte den Transporter in den tiefsten Wald, den sie aus ihrer Kindheit kannte. Einsam und verlassen stand eine Holzhütte in einer kleinen Lichtung. Sie stellte den Wagen vor der Eingangstür ab und half erst der Unbekannten nach drinnen. Sie staunte nicht schlecht, als sie sah, dass die Frau sich um fast zwanzig Jahre verjüngt hatte. Ihre Haut war glatter, die Haare fast schwarz, die Brüste hatten deutlich mehr Volumen. Dennoch war sie ein bemitleidenswerter Anblick, mit den Metallteilen im Körper. Sie sah erschöpft aus.

Vorsichtig setzte Solveig die Frau auf das Bett.

„Ich bin in einer Stunde zurück.", sagte die Krankenschwester und ging zur Tür.

„Wo wollen Sie denn hin?", fragte die Patientin ängstlich.

„Ich lass den Wagen verschwinden. Nach diesem wird bestimmt schon gefahndet. Außerdem will ich nicht erwischt werden ... so ohne Führerschein und so."

„Und wenn wir hier weg müssen?"

„Klaue ich einen neuen.", antwortete sie grinsend und verließ die Hütte. Der Motor des Transporters brummelte und das Geräusch entfernte sich. Dann herrschte Stille.

Die Unbekannte sah sich um und entdeckte an den Wänden alte Gegenstände, die sie nicht kannte und einordnen konnte. Sie hatte so etwas schon mal gesehen, konnte sich aber nicht daran erinnern, was es ist. Ein stechender Schmerz im Becken holte sie zurück aus ihren Gedanken. Die Metallstäbe und Schrauben hatte sie für einen Moment vergessen. Sie packte den, der aus ihrer linken Seite heraus ragte, zog ihn mit aller Kraft raus und warf ihn weit von sich. Klirrend landete er in der Ecke. Ein warmer Schub durchfuhr sie und sie sah ein Leuchten an der Wunde. Von einer Sekunde zur nächsten war die Verletzung verschwunden. Sie starrte auf ihren Arm und stellte fest, dass ihre Haut straffer als vor zwei Tagen war. Sie riss sich den Verband vom Kopf und sie konnte auch mit ihrem linken Auge sehen. Zwar nur verschwommen aber fast schmerzlos. Sie erhob sich und ging die paar Schritte zu dem kleinen Wandspiegel, der gegenüber des Bettes befestigt war. Sie erschrak. Die linke Gesichtshälfte war ein Narbengeflecht, das Auge milchig trüb, die Haare waren bis hinter das Ohr abrasiert und eine lange Narbe vom Augenwinkel bis hoch zur Schädeldecke hatte ihr Gesicht entstellt. Schwarzgrau hingen die Haare herunter. Ein Blitz durchzuckte ihr Blickfeld und sie sah für einen Sekundenbruchteil eine alte grauhaarige Frau. Sie war mindestens dreißig Jahre älter als sie.

Das machte ihr Angst. Was geschah da mit ihr? Die anderen Metallteile bereiteten ihr Schmerzen.

Sie wankte zurück zum Bett, riss sich das Krankenhauskleidchen vom Leib und sah ihren geschundenen Körper zum ersten Mal seit ihrem Erwachen vor ein paar Tagen. Mit enormer Kraftanstrengung und unter qualvollen Schmerzen riss sie sich die Stangen aus Becken, Beinen und dem linken Arm. Dann brach sie verschwitzt und erschöpft zusammen und verlor das Bewusstsein.

Malmö

Die maskierte Gestalt beobachtete schon seit Stunden das Hotel. Es juckte ihr in den Fingern den Genforscher zu töten, aber die Polizistin war ihr im Weg. Sie wussten bereits zu viel und es wurden stündlich mehr. Besonders wurmte es die Gestalt, dass ihr die falsche Schwester entkam. Die unbekannte Frau erlangte scheinbar ihre Kräfte zurück und könnte alles zunichtemachen, was sie bisher erreicht hatte. Das konnte sie nicht zulassen.

„Hej, was machen Sie da? Kommen Sie mal her!", sagte eine männliche Stimme hinter ihr. Die Gestalt drehte sich langsam um und sah einen Polizisten direkt vor ihr. Er hatte die Pistole auf sie gerichtet, wich zwei Schritte zurück und sagte:

„Kommen Sie raus da ... schön langsam!" Die Gestalt folgte seinen Anweisungen und verließ den Schutz des Gebüschs. Blitzschnell, ohne das der Mann reagieren konnte, entriss sie ihm die Waffe.

„So schnell kann sich das Blatt wenden, Amateur!", knurrte die Gestalt, setzte ihm den Lauf zwischen die Augen und drückte eiskalt ab.

„Lustig. Drei Augen und das mittlere raucht.", brummelte die Gestalt, steckte die Waffe ein und löste sich auf. In diesem Moment brach der tote Polizist zusammen.

Zwei Stunden später

Es klopfte hektisch an der Zimmertür des deutschen Arztes. Hartmut öffnete.

„Ja was ist denn verdammt?", maulte er unbeherrscht.

„Entschuldigen Sie, Doktor Dolfinger, ist Kommissarin Svedberg noch bei Ihnen?", fragte der Hotelangestellte schüchtern. Schritte näherten sich.

„Warum denn diese Aufregung, was ist denn los?"

„Frau Svedberg, einer Ihrer Kollegen wurde soeben tot im Vorgarten der Anlage gefunden."

„Was macht Sie denn so sicher, dass er tot ist? Hat er es ihnen gesagt?", erwiderte sie und lachte.

„Na ja, ein Kopfschuss sieht für mich nicht nach einer Mittagsstunde aus und die Blutlache unter seinem Kopf reicht schon fast bis in die Innenstadt."

„Scheiße!, fluchte Yelena und stürmte los. Hartmut folgte ihr mit den Jacken im Arm.

„Ok, dann mal runter.", murmelte er

Der Hotelangestellte führte sie zu der Leiche. Die starren Augen schauten stumpf gen Himmel. Das Blut hatte eine großflächige Blutlache gebildet. Auf einen Meter Länge hatten sich Knochenstücke und Hirnmasse auf dem Kiesboden verteilt.

„Ok, um da zu erkennen, dass der Mann tot ist, braucht man wirklich keine große Kenntnis.", merkte Hartmut an.

„Ob das mit der unbekannten Patientin zusammenhängt?"

„Ich gehe davon aus. Nun müssen wir uns um zwei Frauen Sorgen machen."

„Wieso zwei?"

„Solveig fuhr das Fluchtfahrzeug. Wenn sie nicht in der Sache mit drin hängt, ist sie gleichermaßen in tödlicher Gefahr."

„Wird ja immer besser. Nur was wollte der Killer hier?"

„Ich vermute mal sie oder uns beide."

„Welch wundervolle Aussichten.", murmelte Hartmut zähneknirschend.

In den Wäldern bei Ljungby

„Oh Gott!", entfuhr es Solveig, als sie die Hütte betrat und die auf dem Bett liegende nackte Frau sah. Etliche große Blutflecken waren auf der Decke und dem Boden zu sehen. Die Metallstreben lagen im Raum verteilt. Was war hier passiert?

Die junge Krankenschwester stürmte zu der unbekannten Patientin und fühlte ihren Puls. Sie lebte. Erst jetzt fiel ihr auf, dass es nicht mehr die alte Person mit den schwersten Verletzungen war. Vor ihr lag eine orientalisch aussehende Frau mit langen Haaren. Sie wirkte kaum älter als sie. Alle Wunden waren verheilt. Neben den Beinen und dem linken Arm lagen kleine und große Schrauben sowie unterschiedlich Titanplatten. Die Brust hob und senkte sich regelmäßig. Ein leises Schnarchen war zu vernehmen. Trotz allem, was sie in den letzten zwei Tagen durchgemacht hatte, musste die Schwester schmunzeln. Sie sammelte die Gegenstände vom Bett und deckte die schlafende Frau mit einer Wolldecke zu.

Die Unbekannte räkelte sich im Bett, sie streckte und reckte sich. Sie blinzelte mit halb geschlossenen Augen gegen die Sonne an und entdeckte am Fenster einen Schaukelstuhl auf dem Solveig leise schnarchend in eine Wolldecke gekuschelt schlief. Die Unbekannte sah sich um und entdeckte den Gaskocher und den Kessel auf dem Tisch. Sie durchstöberte die Schränke und dann hatte sie gefunden, was sie suchte. Sie füllte den Wasserkessel mit Wasser und setzte ihn auf. Mit Hilfe des Filters brühte sie ihr liebstes Heißgetränk auf.

Endlich Kaffee., dachte sie. Sie wusste nicht, woher sie das Getränk kannte, aber es gelang ihr alles nahezu instinktiv. Sie hielt ihrer Retterin einen Becher vor die Nase und fächerte ihr den Duft mit der Hand zu. Langsam erwachte die Krankenschwester, schreckte hoch und war erstaunt die Frau so munter zu sehen.

„Guten Morgen.", begrüßte die Fremde sie. Dass sie nackt war, schien sie gar nicht zu stören. Es war tatsächlich nur makellose Haut zu sehen. Nichts an dem Frauenkörper erinnerte noch an den schrecklichen Unfall, den sie Wochen zuvor erlitten hatte.

„Wie kann das sein, dass Sie plötzlich nicht einmal halb so alt wie vor ein paar Tagen aussehen? Wer oder *was* sind Sie?", begann Solveig die Unterhaltung.

Die Fremde sah die Krankenschwester am Kaffee nippend über den Becherrand an und zog die Schultern hoch.

„Ich habe keine Ahnung. Ich weiß nur das ich mich topfit fühle, ich könnte Bäume umarmen."

„Sie meinten bestimmt Bäume ausreissen.", sagte Solveig lachend.

„Ich ... ich glaube, ich muss mich noch schonen. Da reicht umarmen."

„Schonen ist gut. Sie haben sechs Tage durchgeschlafen, nachdem Sie sich den ganzen Stahlkram aus dem Körper gerissen haben. Sind Sie ein Alien oder sowas?"

„Nicht das ich wüsste, aber irgendwas ist anders bei mir. So viel weiß ich mittlerweile."

„Das ... ist offensichtlich.", erwiderte die junge schwarzhaarige. Sie hob eine Tasche neben dem Schaukelstuhl hoch und gab sie der Fremden.

„Was ist das?"

„Klamotten. Oder wollten Sie ernsthaft so raus, wenn wir abhauen? Außerdem ist es schweinekalt, denn wir haben immer noch Winter."

Erst jetzt fiel der Unbekannten auf, dass sie noch nackt war.

„Oops ...", entfuhr es ihr und sie wurde rot.

„Danke.", sagte sie, wühlte sich durch den Inhalt der Tasche und zog sich die frische Kleidung an.

„Nach Ihnen wird keiner mehr suchen. Die fahnden nach einer Frau um die sechzig." Solveig schlürfte den Kaffee und zog sich um. Sie kam mit einem langen Lederhalsband, an dem ein Anhänger in Form eines kleinen Tierschädels baumelte auf die Fremde zu. Links und rechts von dem Schädel hingen kleine Krallen. Sie streifte der Frau den Talisman über.

„Der wird Sie beschützen und Ihnen Glück bringen.", sagte sie. Sie zündete ein gefülltes Holzstück an und fächerte mit Federn den Rauch gegen die Frau und das Schmuckstück. Sie murmelte etwas in einer Sprache, die die Fremde nicht verstand. Dann zog die Krankenschwester sich einen Meter zurück.

Der Rauch hatte eine leicht betäubende Wirkung auf die unbekannte Frau und sie setzte sich aufs Bett, weil ihr schwindelig wurde. Nach kurzer Zeit gab sich das wieder.

„Was war das? Was haben Sie da gemacht?", fragte sie.

„Das war ein indianisches Ritual zu Ihrem Schutz."

„Muss ich das jetzt verstehen?"

„Erinnern Sie sich an die Gestalt, die Sie im Krankenhaus angegriffen hat?"

„Ja. Ist wohl schwer zu vergessen. Immerhin hat die mich aus dem dritten Stock geschubst."

„Von ihr ging, genau wie bei Ihnen, etwas aus. Eine Präsenz, die ich schon von weitem spürte. Nur dass Ihre nicht böse ist. Die der Gestalt schon."

„Woher können Sie so etwas wissen? Das ist doch nicht normal."

Solveig hob eine Augenbraue hoch und lachte los.

„Bei Ihnen brauchte ich es nicht spüren, ich habe es sofort erkannt, außerdem auch gesehen." Sie zeigte wortlos auf den kleinen Haufen Metallteile auf dem Tisch.

„Öhm ... ja.", erwiderte die orientalisch aussehende Frau verlegen.

„Eins zu null für Sie. Und wer oder was sind Sie nun?"

„Ich bin Solveig Gunnarsson und eine Schamanin. Mein Vater ist Mescalero Apache und meine Mutter Schwedin."

Die Fremde sah die Halbindianerin neugierig an.

„Und wie kamen Sie zu diesen Fähigkeiten?"

Solveig holte tief Luft und erzählte ihre Geschichte.

„Meine Eltern lernten sich in New Mexico kennen und lieben. Ein Jahr später siedelten sie gemeinsam nach Schweden über. Als ich vier Jahre alt war, brachte mein Vater mir alles über Schamanismus bei, bildete mich aus und ermahnte mich ständig „Erzähle aber nichts deiner Mutter davon." Auf der anderen Seite bildete meine Mutter mich in weißer Magie und Kräuterkunde aus. Sie ihrerseits drohte mir „Erzähle aber deinem Vater nichts davon."."

Die Fremde konnte sich ein Lachen nicht verkneifen.

„Hey, das ist nicht lustig. Das war echt anstrengend, aber verraten haben sie sich am Ende gegenseitig."

„Du scheinst sie sehr zu mögen. Was machen sie heute?"

Solveig sah zu Boden, kaute an ihren Fingernägeln und schaute wieder hoch.

„Meine Mutter starb, vor zwei Jahren und das brach meinem Vater das Herz. Seit jenem Tag ist er in einem Pflegeheim. Sein Geist ist vor seinem Körper gegangen ..." Sie schluchzte. Tränen rannen ihr übers Gesicht. Obwohl es schon zwei Jahre her war, saß der Schmerz immer noch tief. Die fremde Frau reagierte sensibel und nahm das Mädchen in die Arme.

„Lass es raus. Lass es einfach raus.", flüsterte sie Solveig ins Ohr.

Der hochgewachsene grauhaarige Mann fuhr mit seinem Wohnmobil einen Waldweg entlang. Er nutzte diese Strecke als Abkürzung, um zur Landstraße zu gelangen. Er erreichte eine T-Kreuzung, an der sich der unbefestigte Weg gabelte. Obwohl er hier früher schon oft war, konnte er sich nicht mehr daran erinnern, ob er links oder rechts abbiegen sollte. Der Mann entschied sich für die linke Strecke. Schwerfällig setzte sich der Mercedes in Bewegung. Die Dämmerung breitete sich langsam aus und er schaltete das Licht an. Das Wohnmobil rumpelte über den unebenen Weg. Nach einer weiteren Gabelung stellte er fest, dass er sich verfahren hatte. Er stoppte und schaltete sein Navi ein, um zu sehen, wo er sich überhaupt befand. Es zeigte ihm nicht nur an, dass er sich am völlig falschen Ende befand, sondern auch dass es in der Nähe ein Hotel gab. Dieses gab er als Ziel ein. Er schreckte hoch, denn irgendetwas bewegte sich sehr schnell im Licht der Scheinwerfer an seinem Auto vorbei. Seine Neugier war geweckt. Was war das? Er stieg aus, nahm die Taschenlampe aus der Türtasche und schaltete sie ein.

„Hallo?", rief er. Keine Reaktion. Ein Rascheln ließ ihn aufhorchen. Er ruckte herum und wurde blass. Aus dem Gebüsch ragten zwei Beine. Frauenbeine, die in hochhackigen Stiefeln und einer schwarzen Lederhose steckten. Dann hörte er ein Stöhnen. Vorsichtig näherte er sich dem Wildwuchs. Eines der Beine zuckte.

„Verdammte Scheiße! Den Bastard bringe ich um, wenn ich ihn erwische!", fluchte eine geschwächte zitternde Frauenstimme.

Der Mann erreichte das Gebüsch und traute seinen Augen nicht. Da saßen zwei Frauen Rücken an Rücken. Eine Blondine und eine schwarzhaarige. Beide attraktiv, schlank und scheinbar nicht ganz auf der Höhe. Die blonde verdrehte die Augen und sackte zusammen. Die

Gesichter blass und verschwitzt. Die Blässe kam nicht vom Hauttyp, sondern von den Verletzungen.

„Oh mein Gott!", rief er geschockt.

„Keine Ahnung welcher Ihrer ist, aber meiner ist es definitiv nicht!", knurrte die schwarzhaarige. Ihre Jacke und das darunter getragene Kleidungsstück war zerfetzt. Ein Teil der Brust und Schulter lagen frei. Tätowierte Muster stachen auf der blassen Haut hervor und bildeten einen starken Kontrast. Ein Dolch steckte bis zum Heft ein paar Millimeter unterhalb des Schlüsselbeins und trat am Schulterblatt wieder aus.

„Oh nein, Sie müssen ja höllische Schmerzen haben.", sagte er entsetzt. Er war zu keiner Bewegung fähig.

„Ach was. Ist nur ein Kratzer. Mit sowas gehe ich doch noch nicht nach Hause.", erwiderte sie müde grinsend und sah ihn mit glasigen Augen an. Ihr Kopf sackte nach vorn und ihr Körper erschlaffte. Die Starre des Mannes löste sich und er näherte sich den beiden. Er fühlte bei den Frauen am Hals nach dem Puls. Er war erleichtert, sie lebten. Er trug die Frauen in sein Wohnmobil, holte einen Koffer mit medizinischen und chirurgischen Geräten aus einem der Staufächer und legte los.

Gegen Mittag fuhr der Mann in die nächste gelegene Kleinstadt. Die Frauen schliefen immer noch. Er beschloss, das vor ihm auftauchende Fast Food-Restaurant anzusteuern und erst mal zu frühstücken.

„Wo sind wir? Und ... was haben Sie mit uns gemacht?", murmelte die Blonde, die zuerst aufwachte und feststellte, dass sie fast nackt war.

Der ältere Mann parkte das Wohnmobil ein, stellte den Motor ab und drehte sich mit dem Fahrersitz in ihre Richtung.

„Keine Angst. Ich habe Ihnen beiden das Leben gerettet. Ich hab Ihre Halswunde und die Verletzungen Ihrer Freundin gereinigt, behandelt, genäht und verbunden."

„Sind Sie ein Arzt?"

„Nein, Bäcker. Das sieht man doch.", knurrte die schwarzhaarige Frau, die gerade aufwachte.

„Danke für Ihre Hilfe."

„Gern geschehen. Hätte ich Sie eine halbe Stunde später gefunden, wären Sie jetzt tot. Sind echt üble Verletzungen."

Die Schwarzhaarige sah sich um. Auf den kleinen schmalen Wandregalen standen Fotos mit zwei jungen

Frauen und einer älteren. Daneben zwei Aufnahmen mit Kindern. Er verstand ihren fragenden Blick.

„Das sind ... das waren meine Frau, meine Töchter und meine Enkelkinder.", gab er betrübt von sich.

„Wieso waren?", fragte die Blonde.

„Sie kamen vor sechs Jahren bei einer Kreuzfahrt ums Leben.", flüsterte er und sah aus dem Fenster. Sie merkte, dass es ihm schwerfiel, darüber zu reden.

„Oh ... das tut mir leid.", antwortete sie betroffen.

„Mir auch ...", äußerte die Schwarzhaarige sich leise. Für einen Moment herrschte tiefes Schweigen. Nur das Rauschen und Brummen vorbeifahrender Autos war zu hören. Im Inneren des Wohnmobils war es totenstill.

Dem älteren Mann gefiel es, die beiden jungen Frauen entdeckt und gerettet zu haben. So hatte er nach sehr langer Zeit mal wieder etwas Gesellschaft, auch wenn die Umstände für die beiden tätowierten Schönheiten definitiv unschön waren.

„Sind Sie Schwestern oder gehören Sie zu einer Gang oder sowas?", fragte er und wollte damit die bedrückte Stimmung etwas auflockern. Die Blonde saß da und zuckte mit den Schultern.

„Ich habe keine Ahnung. Ich weiß nicht einmal woher wir kommen."

Die schwarzhaarige mit der schweren Schulterverletzung zuckte erschrocken zusammen, als sie etwas am Unterschenkel streifte. Sie schaute runter und entdeckte einen Chihuahua, der sie neugierig ansah. Sie hob ihn hoch und nahm ihn auf den Arm.

„Na wer bist du denn?", fragte sie den kleinen Hund lächelnd und wurde gleich freudig im Gesicht abgeschleckt.

„Er scheint Sie zu mögen.", sagte der Mann schmunzelnd.

„Normalerweise ist er fremden gegenüber scheu. Sie sind die erste Person, der er so offen gegenüber tritt."

„Der ist ja süß." Die junge Frau genoss es sichtbar, sich mit dem kleinen Hund zu beschäftigen.

„Wo kommen Sie eigentlich her, wenn ich fragen darf?"

„Ich weiß nicht. Ich kann mich weder daran erinnern, wer ich bin, noch wie wir hierher kamen. Irgendetwas sagt mir, dass wir nach Tempeldorf müssen." Die beiden Frauen sahen sich an, nickten und bedankten sich bei dem Mann für seine Hilfe. Sie schlossen ihre Augen und konzentrierten sich. Dann schauten sie sich um. Dieses Ritual zogen sie noch weitere Male durch.

„Sorry. Ich will Sie ja nicht stören, aber ... was machen Sie da eigentlich?", fragte der Mann sie verwundert. Die Frauen sahen sich erneut an und dann wieder ihren Retter.

„Äh ... ja. Könnten Sie uns vielleicht mal eben nach Tempeldorf bringen? Das liegt bei Itzehoe.", bat die Schwarzhaarige.

„Ich weiß, wo das ist, und es wäre eigentlich kein Problem. Nur das mit dem *mal eben* dürfte ziemlich knapp werden."

„Warum?", fragte sie erstaunt.

„Weil wir hier in den Pyrenäen sind. Ein paar Kilometer von Rennes Le Chateau entfernt."

„Ähm ... das ist jetzt etwas unpraktisch."

„Wieso?", fragte die Blonde.

„Weil das kurz vor Spanien liegt.", seufzte ihre Freundin.

„Öhm ... doof?"

„Nur geringfügig.", erwiderte die Schwarzhaarige.

3. Von alten Bekannten ...

In den Wäldern bei Ljungby

Ein Geräusch weckte Solveig auf. Es drang wie durch einen Nebel an ihre Ohren. Von einer Sekunde zur anderen wurde es klarer. Erschrocken setzte sie sich auf und schlich zum Fenster. Sie hatte sich nicht getäuscht. Sie waren aufgeflogen. Die Hütte war von einigen Polizeifahrzeugen und einer großen schwarzen Limousine umstellt. Drei in derselben Farbe gekleidete Männer stiegen aus und kamen auf die Hütte zu. Solveig weckte die unbekannte Frau und hielt ihr den Mund zu. Mit dem Zeigefinger auf ihrem Mund deute sie ihr ruhig zu sein. Die nickte. Blitzschnell hockte sich die Halbindianerin in den Schneidersitz, warf Kräuter und einige Substanzen in den Kamin und murmelte etwas in einer unverständlichen Sprache. Ein kleiner Feuerpilz stieg auf und schlagartig war draußen alles vernebelt.

„Verdammt! Wo kommt denn der scheiß Nebel her?", fluchte eine Frau. Solveig erkannte die Stimme. Es war Yelena, die Polizistin. Auch wenn sie ihr bis zu diesem Zeitpunkt getraut hatte, jetzt tat sie es nicht mehr, denn der schwarze Wagen und die Männer waren ihr nicht geheuer.

„Was passiert jetzt?", fragte die Unbekannte panisch.

„Wir verschwinden. Komm her!", knurrte Solveig. Die Frau kam dem nach und um die beiden herum bildete sich ein kleiner Wirbelwind. Die Tür wurde geöffnet und einer der Männer in Schwarz stürmte herein.

„Yasmina, warte!", rief er, aber dann waren sie verschwunden.

Yelena sah den enttäuscht wirkenden Mann an.

„Das war Yasmina?"

Der Mann nickte.

„Irgendwie hätte ich mir das auch denken können, nachdem ich die Blutergebnisse gesehen habe." Die Schwedin setzte sich auf einen Baumstumpf. Der Nebel hatte sich genauso schnell verzogen, wie er aufgezogen war. Sie sah den großen schwarzgekleideten Mann an. Er schaute besorgt zu Boden. Einer seiner Begleiter kam aus der Hütte mit einer Hand voll Metallteile.

„Abbé Pierre, schau mal."

Er sah sich die langen Stangen, Platten und Schrauben an.

„Danke Bruder Frank." Pierre übergab Yelena die chirurgischen Teile.

„Ihre Heilungskraft scheint wieder vollständig hergestellt zu sein.", murmelte er. Er stocherte in dem Material herum. Eines erregte seine Aufmerksamkeit. Er hob den kleinen Nagel hoch.

„Ich wusste es. Sie ist in eine Falle geraten, genau wie die anderen. Dieses verdammte Stück Eisen hat sie außer Gefecht gesetzt."

„Würdest du mich mal bitte darüber aufklären, wie Yasmina hierher gekommen ist und was mit ihr passiert ist?"

Er seufzte und ging ein paar Schritte in den Wald. Yelena folgte ihm. Er blieb stehen, fuhr sich mit der Hand durch sein kurzgeschnittenes Haar und drehte sich um.

„Vor über drei Monaten verschwanden Yasmina, Ariel, Sarah, Delia und Alenya spurlos. Sie wollten shoppen gehen, kamen aber nie in der Stadt an. Yasmina ist der einzige Anhaltspunkt und den haben wir jetzt auch noch verloren."

Die Polizistin sah ihn an. Sie war mit sich am Hadern, ob sie ihn über die Vorkommnisse der letzten Monate unterrichten sollte. Schließlich gab sie sich einen Ruck.

„Yasmina steht unter Verdacht, sieben Menschen brutal ermordet zu haben. Es besteht auch die Möglichkeit, dass sie Solveig Gunnarsson als Geisel genommen hat."

„So ein Blödsinn! Sie ist zwar mächtig und hat gewisse Kräfte, aber sie tötet nicht wahllos! Dafür kenne ich sie zu gut. Von allen Wesen, die ich kennengelernt habe, ist sie eines der herzlichsten." Einen Moment schwieg er.

„Wer oder was waren die Opfer?"

„Eine Familie, bestehend aus zwei kleinen Kindern und deren Eltern sowie möglicherweise meinen Vater, ihren behandelnden Arzt Dr. Morton und einen Notarzt."

„Und genau da ist die erste Ungereimtheit. Sie liebt Kinder und würde ihnen nicht mal einen Klaps geben."

„Aber kein Mensch würde so bestialisch vorgehen."

„Ach ja? Wenn du so über meine Freunde denkst, haben wir nichts mehr miteinander zu bereden!", fauchte er, gab seinen Begleitern ein Handzeichen. Sie gingen zum Auto und fuhren davon.

„Wer war denn das?", fragte Hartmut Dolfinger, der erst später ankam.

„Das war der Templer, von dem ich dir erzählt habe und ich glaube, ich habe bei ihm verschissen!", murmelte sie.

„Der beruhigt sich schon wieder. So sind die jungen Leute nunmal."

„Da irrst du dich. Pierre ist über 750 Jahre alt und hat Enttäuschungen, Entsetzen und Horror hinter sich, dagegen ist unsere Generation eine Ansammlung von Weicheiern."

„Willst du mich auf den Arm nehmen? Soll das ein neuer Gag von dir sein?"

„Siehst du mich vielleicht lachen?" Zornig drehte sie sich um und ging zu ihrem Wagen. Sie musste erstmal runterkommen. Sie schüttete sich einen Kaffee aus ihrer Edelstahlflasche in den Becher und zündete sich eine Zigarette an.

„Was für ein Scheiß Tag!", knurrte sie.

Irgendwo in einer Höhle ...

Die Orientalin kauerte in einer Ecke der Höhle. Sie starrte auf das kleine Lagerfeuer vor sich. Solveig hatte es kurz zuvor entfacht. Sie lag neben Yasmina, den Kopf auf ihren Schenkeln ruhend. Die Teleportation hatte das Mädchen viel Kraft gekostet. Die Orientalin streifte der Halbindianerin die Haare aus dem Gesicht.

Sie hatte keine Ahnung, wo das Mädchen sie hingebracht hatte, denn kaum waren sie angekommen, brach Solveig kurz darauf erschöpft zusammen. Je länger sie sie betrachtete, die letzten Tage Revue passieren ließ, umso mehr entwickelte sie ihr gegenüber Mutterinstinkte.

„Yasmina ... so heiße ich also.", flüsterte sie. Sie hatte den Mann, der in die Hütte kam, nur kurz gesehen aber er kam ihr bekannt vor. Sie wusste nicht woher. Denn die Erinnerungen an ihr bisheriges Leben waren ausgelöscht. Sie stellte sich ständig die Frage, wer oder was sie war. Und wer war diese Gestalt, die ihr offenbar nach dem Leben trachtete? Sie stieß sie aus dem Fenster und griff sie im Rettungswagen erneut an. Sie erinnerte sich an einen blauen Blitz, der ihre Hand umhüllte, als sie der Gestalt vor die Brust schlug. Ein stechender Schmerz im Kopf ließ sie zusammenzucken. Kurze hektische Bilder schossen vor ihrem geistigen Auge vorbei. Eine Festung, zwei rothaarige, zwei schwarzhaarige, eine blonde und eine weißhaarige Frau. Ein bärtiger Mann mit einem langen Mantel. Ein grünhäutiges Mädchen, ein Baum. Alles nur kleine Fetzen, und die machten ihr Angst. Vielleicht konnte Solveig ihr helfen. Aber erstmal wollte sie sie schlafen lassen.

Die Gestalt erreichte die Hütte. Zwei Polizisten bewachten sie. Sie ging auf die beiden zu, aus ihren Fingern wuchsen Klingen, lang wie Krallen. Blitzartig schlug sie damit zu und zerfetzte dem ersten den Hals. Er presste seine Hand auf die Wunde, aber es half nicht. Das Blut strömte nur so heraus. Er sank auf die Knie und fiel gurgelnd nach vorn. Die Blutlache wurde immer größer. Eiskalt stieg sie über den sterbenden Mann hinweg und spazierte auf den leichenblass dastehenden zweiten Polizisten zu.

„Wo sind die beiden?", fragte sie zischend.

„Welche beiden meinen Sie?" Weiter kam er nicht, den ohne Vorwarnung schlug die Gestalt ihm mit den rasiermesserscharfen Klingen den Kopf ab, der vor ihre Füße kullerte und sie mit toten Augen anstarrte. Sie zertrat ihn wie eine reife Tomate. Der Körper fiel kerzengerade nach vorn.

„So ein kleiner Tipp am Rande: Vielleicht solltest du mal weniger wahllos töten und die Menschen aussprechen lassen.", maulte eine finstere Männerstimme. Die Gestalt fiel auf die Knie.

„Mein Gebieter!"

„Erhebe dich.", sagte der große bärtige Mann mit den Hörnern und dem spitz zulaufenden Bart.

„Wie konntet Ihr Luzifer entkommen?"

„Das hat dich jetzt nicht zu interessieren! Finde die Weiber, die meine Pläne durchkreuzten und bringe sie zu mir, mein Annihilator! Ach ja, ich bevorzuge es sie *lebend* zu bekommen.", befahl er kalt.

„Enttäusche mich nicht!"

„Nein, mein Gebieter. Ich werde jede einzelne von ihnen zur Hölle schicken!", erwiderte die Gestalt und verbeugte sich. Der Gehörnte verschwand, ohne seinen Diener weiter zu beachten, in einer Feuerwolke.

Südfrankreich, Pyrenäen

Ein schwacher Blitz löste sich aus der Hand der Schwarzhaarigen, traf ihre Begleiterin am Bauch und prallte in das Armaturenbrett des Wohnmobils. Im Nu brannte der Sicherungskasten auf der Beifahrerseite. Der Wagen ruckelte und der Motor erstarb.

„Scheiße! Was war das denn?", motzte der ältere Mann und sah die Frauen an.

„Oops, sorry.", sagte die Schwarzhaarige verlegen.

„Aua!", fluchte die Blondine und sah sie vorwurfsvoll an. Eine kleine qualmende Wunde kam zum Vorschein, als sie ihren Pulli hochhob. Etwas Metallisches lugte ein paar Millimeter heraus.

„Halt still!", sagte die schwarzhaarige und zog einen ungefähr fünf Zentimeter langen Nagel aus dem Bauch der blonden Frau. Die biss sich auf die Unterlippe vor Schmerzen. Das Erstaunen war groß, als sich die Wunde von alleine verschloss.

„Das wird mir jetzt langsam zu hoch. Sie haben schwarzes Blut, Sie fackeln mein Auto ab und jetzt heilen Sie in Sekunden? Würden Sie mir jetzt mal liebenswürdigerweise erzählen, was hier eigentlich los ist?", schrie er die Frauen an.

Die Schwarzhaarige kam zu dem erregten Mann und zeigte ihm den Nagel.

„Der ist aus Eisen und sowas wurde im Mittelalter verwendet, um Hexen, Dämonen und anderen Kreaturen ihre Kräfte zu nehmen. Da ich ja eben ungewollt Ihren Wagen gegrillt habe, gehe ich davon aus, dass ich auch irgendetwas ... anderes bin. Können Sie feststellen, ob in meinem Körper auch so etwas drin ist?"

Der Mann überlegte. Er stand auf und kramte in einer der Schubladen herum. Grinsend hob er einen kleinen runden Gegenstand hoch.

„Ich denke ja."

„Was ist das?"

„Ein Magnet. Ziehen Sie sich aus."

„Na Sie gehen aber ran.", feixte die Schwarzhaarige. Sie kam dem nach und zog alles bis auf den Slip aus. Es gelang dem Mann nicht, seinen Blick von dem atemberaubenden Körper abzuwenden. Die festen mittelgroßen Brüste, der knackige Hintern, der flache Bauch und die Tätowierungen faszinierten ihn. Es waren keltische Muster, die kaum ein Körperteil ausließen. Vorne endeten sie unmittelbar über dem Schambein. Die Frau räusperte sich.

„Wenn Sie lieb sind, dürfen Sie hinterher noch ein wenig gaffen, aber jetzt suchen Sie bitte erstmal das Teil.", frotzelte sie.

„Oh ... ja. Natürlich.", erwiderte er verlegen. Als Erstes strich er mit dem Magneten über die verbundenen Wunden, um sicherzugehen, dass er nichts übersehen hatte. Dann kontrollierte er den Körper der Frau von den Füßen an aufwärts. Als er am unteren Rippenbogen nahe des Brustbeins ankam, schrie sie kurz auf. Langsam zog er den Magneten ab. Die Haut wölbte sich. Die Frau biss die Zähne zusammen. Er sah, wie ihr die Tränen in die Augen schossen.

„Ich habe es. Das wird gleich noch einmal höllisch wehtun, aber dann sollten Sie es hinter sich haben."

„Eine Frage noch. Falls ich das nicht überlebe, wie heißen Sie eigentlich?"

„David. Thomas David, aber meine Freunde nennen mich Tom." Sie lächelte und gab ihm die Hand.

„Angenehm, Tom. Ich bin Trulla Kaputtnick."

„Das sehe ich auch.", konterte er. Er gab ihr ein Stück Besenstiel zum raufbeißen. Dann zog er ein Einwegskalpell aus dem Koffer, der neben dem Bett stand.

„Tut mir leid, aber das wird jetzt sehr sehr schmerzhaft werden. Möchtest du eine Narkose?"

„Nicht lange quatschen, mach endlich.", knurrte sie, steckte sich das Holzstück zwischen die Zähne, verdrehte die Augen und stöhnte. Er sah sie verwundert an. Sie nahm das Holz raus.

„Ja was denn? Vielleicht hilft vorher jammern ja etwas." Er nahm das Besenstück und klemmte es ihr zwischen die Zähne. Er sah die Blonde an.

„Halte ihre Arme so fest du kannst."

Er setzte das Skalpell unterhalb der letzten Rippe an und schnitt ein paar Zentimeter, gerade groß genug um mit der Zange hineinzukommen. Schwarzes Blut quoll heraus. Die Frau fing an zu zappeln. Ein Knirschen ließ Tom aufhorchen, dann ein klappern.

„Was eine Scheißeee!", fluchte sie unter Tränen. Er staunte nicht schlecht. Sie hatte das Holz zerbissen und die Splitter ausgespuckt. Je tiefer er mit der Zange in die Wunde musste, umso mehr schrie die Frau. Sie tat ihm leid, aber darauf konnte er jetzt keine Rücksicht nehmen. Dann fühlte er einen Widerstand. Er hatte den Nagel erreicht. Langsam und vorsichtig zog er ihn raus. Die Frau wurde ohnmächtig. Kaum hatte die Zange ihren Körper verlassen, leuchtete ein blassblaues Licht aus der Wunde. Das gleiche passierte unterhalb der Verbände, die er ihr am Abend zuvor angelegt hatte. Tom wich ein paar Schritte zurück und sah, wie ihr schweißnasser Körper anfing zu schweben. Ein Blitz und eine Druckwelle entstanden. Er und die Blonde wurden zur Seite geschleudert. Ein mächtiger Knall erklang und das Fahrzeugheck wurde in Stücke gesprengt. Als sich der Rauch und der Trümmerregen gelegt hatten, sahen die blonde Frau und Tom, wie die Schwarzhaarige knapp einen Meter über dem Boden schwebte. Ihre Augen waren durchgehend schwarz und riesige gleichfarbige Flügel schlugen aus ihrem Rücken. Dann hob sie ab und drehte ein paar Runden.

„Macht sie das öfter?", fragte er zaghaft. Die Blondine zuckte mit den Schultern und sah ihn fragend an. Passanten, die alles mitbekommen hatten, kamen näher an das Wrack und sahen die beiden verlegen grinsenden Personen auf dem Bett sitzen.

„So ist das mit den jungen Mädels. Immer für eine Überraschung gut.", sagte Tom.

Ein wild hupendes Wohnmobil steuerte auf das zerstörte Fahrzeug zu. Die Scheibe auf der Fahrerseite glitt langsam herunter. Eine junge schwarzhaarige Frau schaute grinsend auf das Wrack.

„Na, kommt ihr mit oder wollt ihr noch ein wenig die Nachtluft genießen?"

Tom suchte auf die Schnelle seine persönlichen Sachen und wichtige Dinge zusammen, dann rannte er mit der blonden Frau zu dem Wohnmobil. Wenige Minuten später setzte es sich Richtung Norden in Bewegung.

Ein Mann, verhüllt durch einen Kapuzenmantel, stand auf einen mannshohen Stock mit einem blauen Kristall gestützt plötzlich in der Menschenmenge.

„Sind sie nicht nicht wundervoll?", fragte er und sah dem davonbrausenden Wohnmobil hinterher. Dann verschwand er wieder in einer Nebelwolke.

Der Annihilator sah das Wohnmobil davon fahren. Den Mann im Kapuzenmantel bemerkte er ebenfalls. Er wusste, dass er ein mächtiger Gegner war. Zu mächtig für ihn. So zog er es vor, sich zurückzuziehen. Es wurmte ihn, dass ihm auch diese beiden Frauen entkommen sind. Er hatte ein weiteres Mal versagt.

„Verdammte Scheiße!", fluchte er.

Er wartete geduldig, bis sich die Menge auflöste und von den Wrack entfernt hatte.

Zu fortgeschrittener Stunde, es war stockfinster, näherte er sich dem zerstörten Mercedes. Er hob seine Nase in den Wind und witterte Dämonenblut. Der leicht schwefelige Geruch kroch unter die silberne Maske. Er senkte den Kopf und sah sich alles genau an. Menschliches Blut und Dämonenblut hatten sich auf den Überresten des Bettes vereint.

„Also doch schwerer getroffen als gedacht.", murmelte der Annihilator. Er ging zum Fahrerbereich, da hörte er ein metallisches Klirren. Ein Blick nach unten und er fand einen Dolch. Er war Silber mit diversen Zeichen aus den Mythologien und Religionen der Menschheit. Auf der gewellten Klinge haftete das schwarze Blut eines mächtigen Dämons. Normale Dämonen hinterliessen kein Blut. Sie zerfielen zu Asche. Die Stichwaffe war warm und bereitete ihm leichte Schmerzen, denn es war eine Waffe aus Silber.

„Der Dolch von Caldor. Danke, ihr Luschen.", zischte die vermummte Gestalt und löste sich auf.

Ein kleines Hotel in Lund, Schweden

Die Templer hatten sich im Speisesaal der kleinen Unterkunft getroffen. Abbé Rolland schnitt ein Sesambrötchen auf und belegte es mit Salami und Lachsschinken. Schweigend saßen die drei Männer da und aßen, bis Pierre das Wort ergriff.

„Bruder Frank, setze dich mit der Komturei in Verbindung. Wir benötigen Verstärkung."

Der Abbé sah zu seinem zweiten Ordensbruder und sagte:

„Und du Karsten, wirst Yelena Svedberg um Unterstützung durch uns untergeordnete Polizisten bitten."

Die beiden Männer nickten. Die deutschen Templer hatten sich unmittelbar nach dem Angriff auf Tempeldorf[1] dem Ritterorden angeschlossen und wurden als Krieger ausgebildet. Frank wurde sogar von Sarah Drake zu ihrem persönlichen Leibwächter ernannt, da er sich um sie mit kümmerte, seit sie ein kleines Kind war. Die beiden verband ein geschwisterliches Verhältnis.

„Gibt es von Sarah eigentlich schon ein Zeichen, oder von den anderen?", fragte er. Pierre schüttelte den Kopf.

„Nein. Yasmina ist bis jetzt die Einzige und die ist uns entwischt."

„Ist sie vor uns geflohen oder wurde sie erneut entführt?"

„Keine Ahnung. Ich sah sie nur kurz und sie war in Begleitung einer indianischen Schamanin. Da mein Amulett sich nicht rührte, gehe ich nicht von einer Feindin aus. Ich vermute, die beiden sind verängstigt." Er schwieg einen kurzen Moment.

„Außerdem hat eine Polizistin mir vorhin erzählt, dass die beiden Kollegen, die an der Hütte Wache halten sollten, tot sind. Die Hütte ist abgebrannt und die Polizisten auch. Die beiden Männer waren verstümmelt, also nicht durch das Feuer gestorben."

Frank und Karsten schluckten hart. Pierre saß da und grübelte. Er verstand noch immer nicht, was mit den Frauen passiert ist. Anya, Damona und Conny waren zum Zeitpunkt des Verschwindens der anderen in der Komturei.

„Kann es sein, dass Alenya damit etwas zu tun hat?", fragte Frank. Der Abbé hob den Kopf und schüttelte ihn.

---

[1] „Dämmerung - Showdown an der Ostsee"

Er räusperte sich und strich sich mit der Hand durchs Haar.

„Quatsch. Nur weil sie auch verschwunden ist? Eher unwahrscheinlich. Sie brachte Sarahs Seele aus der Zwischenwelt zurück, rettete Maya und verhinderte den Tod von ein paar jungen Leuten[1]. Außerdem hat sie einen menschlichen Körper und rotes Blut. Sie kam als Mensch mit Fähigkeiten zurück, hilft in der Komturei, wo sie nur kann. Sie hasst Asmodeus abgrundtief. Allerdings finde ich es seltsam, dass sie kurz nach der Schlacht auf Fehmarn als Nonne in einem Kloster auftauchte."

„Ist das Kloster entweiht oder gab es da besondere Vorkommnisse?"

„Nein. Jacques und Franziska sind auch so weit normal. Alenya betet dreimal täglich mit ihnen zusammen in der Kapelle. Das passt nicht zu einer Höllenkreatur."

Dann fiel ihm etwas ein, was Jonas Drake und auch Naresa, die Dryade berichtet hatten.

„Jonas sagte etwas davon, dass sich Asmodeus von seinen Ketten befreien konnte. Es könnte möglich sein, dass er dahinter steckt." Er sah Frank an und dessen Blick verfinsterte sich. Der junge Templer ballte die Faust und klopfte damit auf die Tischplatte.

„Ich hätte nicht übel Lust, ihm den Kopf von seinen Schultern zu reißen!", knurrte er. Frank verlor bei dem Angriff auf Tempeldorf seine ganze Familie.

„Da bist du einer von vielen Dämonenhassern auf dieser Welt. Viele fanden bei dem Versuch den Tod."

„Können wir uns jetzt mal wieder unserem aktuellen Problem zuwenden?", warf Karsten ein.

„Wenn du eine Lösung hast, gerne!", knirschte Frank.

Komturei Tempeldorf, Itzehoe

Damona saß zurückgezogen in ihrem Zimmer im Westturm der Festung. Sie hatte sich gut eingelebt bei den Templern und den Wesen, die hier lebten. Seit langer Zeit fühlte sie sich wieder zu Hause. Sie wurde aufgenommen in Jonas Drakes Familie. Selbst mit der ihr einst so verhassten Alenya verstand sie sich hervorragend. Sie sah anfangs in ihr ihre brutale von Asmodeus erschaffene Schwester. Nach ihrer Rückkehr nahm sie ihre ursprüngliche Gestalt an, die der keltischen Kriegerkönigin dieser Welt.

---

[1] „Schattenwald"

An ihr erinnerte praktisch nichts mehr an das rothaarige Biest von einst.

Das Klopfen an ihrer Tür riss sie aus ihren Gedanken.

„Herein.", sagte sie. Die breite massive Holztür wurde geöffnet und einer der Templer trat ein.

„Entschuldigt, Madame, Eure Anwesenheit wird im Speisesaal erwartet.", berichtete der Ordensritter und verneigte sich. Sie nickte.

„Danke, Bruder Stefan. Sage bitte bescheid, dass ich gleich herunter kommen werde.", erwiderte sie und lächelte den Krieger an. Er lächelte zurück, verbeugte sich erneut und schloss die Tür von außen. Sie war erstaunt, welches Ansehen sie in der *Zuflucht*, wie die Komturei auch genannt wurde, genoss. Damona duschte, zog sich an und verließ ihr Zimmer. Auf der Treppe nach unten durchzuckten sie plötzlich Schmerzen, in der Schulter, Brust, Hals, Arme und Kopf. Es war so heftig, dass sie das Gleichgewicht verlor und die Treppe herunter stürzte.

Im Speisesaal hatten sich Caldor, Anya, John Craven, Jonas und Naresa versammelt. Sie warteten auf Damona.

„Wo bleibt sie denn nur?", fragte der Kripobeamte aus Itzehoe.

„Sie kommt gerade.", erwiderte Anya etwas irritiert als sie das Poltern hörte. Ein dumpfer Knall und die Tür zum Westturm erzitterte. Sie wurde langsam aufgezogen und eine offensichtlich geschwächte Damona betrat mit wackeligen Beinen den großen Raum. Sie fuhr sich mit der Hand durch ihre Haare und sah sich die mit Staub durchsetzten Spinnweben an, die sie herausgestrichen hatte.

„Hat die Putzfrau schon wieder Urlaub?", maulte sie.

Ohne Vorwarnung ertönte *Via Nocturna* von *Therion* aus den Lautsprechern der Anlage im Speisesaal. Alle Köpfe ruckten herum und sahen ein verbranntes Skelett im Bademantel abrocken und headbangend herumhüpfen.

„Maya ... bitte!", rief Anya. Das Skelett verharrte in ihrer Bewegung und sah zu der kleinen Gruppe rüber.

„Ja was denn? Noch nie eine Frau abrocken sehen?"

„Doch.", warf Jonas ein.

„Aber mir persönlich ist das ... zu erotisch."

In Mayas Augenhöhlen funkelte es kurz.

„Blödmann!", knurrte sie, schaltete die Anlage aus und verließ den Saal wild gestikulierend und leise vor sich hinmotzend.

„Das war jetzt nicht nett.", murmelte Naresa.

„Sie leidet da eh drunter."

„Sie wird drüber hinweg kommen. Spätestens wenn wir unsere Grazien wieder haben und die können Maya bestimmt heilen."

„Apropos Grazien.", warf Damona ein, die sich zwischenzeitlich auf eine der Sitzbänke gesetzt hatte.

„Ich glaube sie sind zurück."

„Was?", fragten alle synchron erstaunt. „Wo?"

„Keine Ahnung, aber ich spürte ihren Schmerz. Oder dachtet ihr ernsthaft, ich gehe immer so die Treppen herunter?"

„Nichts genaues weiß man ...", stichelte John.

Karsten saß Yelena am Schreibtisch gegenüber.

„Frau Svedberg, nehmen Sie es Abbé Rolland nicht übel, aber er steht unter immensem Druck derzeit."

„Bruder Karsten, dafür habe ich zwar Verständnis, aber warum geht er bei der Vermutung, dass die Toten auf Yasminas Rechnung gehen gleich so an die Decke?"

„Ich möchte es mal so ausdrücken: während die Wesen in unserer Festung ihr Leben für uns und unsere Freunde geben würden, täten wir dasselbe für sie.", erwiderte er leise, aber bestimmend. Das stimmte die pummelige Polizistin nachdenklich. Sie griff zum Hörer des Telefons und wählte eine Nummer. Einen Moment später wurde am anderen Ende der Leitung das Gespräch angenommen.

„Erikson, trommeln Sie Ihre Männer zusammen und warten Sie unten. Sie unterstehen ab sofort dem Kommando der Templer!" Sie legte auf und erhob sich. Yelena streckte ihm die Hand entgegen.

„Richten Sie Pierre liebe Grüße aus. Die Männer sind die härtesten, die wir im Polizeidienst haben. Es sind ehemalige und kampferprobte Soldaten, die auch Erfahrungen mit Höllenwesen haben."

Bruder Karsten sah die Frau erstaunt an. Dachte er doch bis vor kurzem, dass die Schweden keine Erfahrungen mit den Mächten der Finsternis hatten. Yelena grinste.

„Die Jungs stammen aus Caldors Dimension."

Megiddo, zwischen Akkon und Jerusalem

Unter den Ruinen der biblischen Stadt nahe Jerusalems gruben seit Jahren Archäologen und Bibelforscher gemeinsam nach Artefakten, Reliquien und Belegen für die Existenz alt- sowie neutestamentarischer Begebenheiten. Johann Konrad und Carl Mertens, beides Archäologen, leiteten den deutschen Abschnitt. Zu ihrem Team gehörten Cassandra Kellermann und Rufus Brehm, ein mehr als zwei Meter großer Hüne, der wie das Mädchen Archäologie studierte. Sie waren seit ihrer ersten Begegnung in St. Peter Ording[1] ein Paar. Die Letzte im Bunde war Daria Argenti.

Professor Konrad stand an einem der Kartentische in dem unterirdischen Gewölbe, welches einer gotischen Kathedrale glich, obwohl es viele hundert Jahre älter war. Hohe breite Säulen stützten die Decke, die durch Kreuzbögen miteinander verbunden waren. Fast könnte man meinen, das Konstrukt wurde im Mittelalter errichtet, aber tatsächlich entstand es viel früher.

Ein Poltern ließ den Professor aufhorchen. Eine Sand- und Staubwolke schoss aus einem der Nebengänge in die gigantische Krypta. Hustend und sich Tücher vor den Mund haltend kamen Rufus, Cassandra, Carl und Daria aus dem flachen schmalen Tunnel heraus.

Johann sah die Vier mit ernstem Blick an.

„Was habt ihr jetzt wieder zum Einsturz gebracht?"

„Gar nichts!", erwiderte Carl entrüstet.

„Da war eine Mauer und ..." Johann schnitt ihm das Wort ab.

„Warum gefällt mir das *,da war'* nicht?", fragte er lauernd.

„Warte, bis sich der Staub gelegt hat. Dann wirst du mit Sicherheit nicht mehr sauer sein.", gab Carl zurück.

„Dein Wort in Gottes Ohr.", murmelte Johann. Er wandte sich wieder dem Tisch zu und sah Rufus und Cassandra knutschen. Der Professor schüttelte den Kopf.

„Nehmt euch bloß ein Zimmer ... ist ja widerlich!", knurrte er.

Die beiden wurden rot und grinsten verlegen.

„Sind der Herr nun fertig mit dem Gemotze?", fragte Carl seinen Freund und Mentor.

„Vorerst!", knurrte er.

---

[1] „Der Seelenjäger – die Tochter des Grafen"

„Aber wenn du schon mal da bist, welche Mauer meintest du?" Johann deutete auf die Karte es ihm zu zeigen. Der blonde Hüne schaute kurz, sah sich um und zeigte dann auf einen schmalen Nebentunnel auf der Karte, den sie vor zwei Tagen noch für eine Sackgasse hielten.

„Das verblüfft mich jetzt aber. Laut den Radarmessungen ist dort alles massiv." Der Professor erinnerte sich an die Krypta in der Bretagne, die sie damals gemeinsam entdeckt hatten[1].

„Der Staub hat sich gelegt.", rief Rufus aus dem Nebengang. Johann und die anderen folgten seiner Stimme. Jeder wollte der Erste sein, um zu sehen, was sich hinter der Mauer verbarg. Der Professor schob alle bei Seite.

„Alter vor Schönheit.", sagte er und passierte als Erster das Loch in der Wand. Rufus finsterer Blick ist ihm dabei nicht entgangen. Er flüsterte ihm ins Ohr.

„Denke daran, du bist hier erst fünfundzwanzig." Mit Taschenlampen bewaffnet betraten sie das Gewölbe. Es war niedriger als das große, aber mit ungefähr vier Metern immer noch recht hoch. Es roch muffig und ein leichter Verwesungsgestank kroch in die Nasen des Teams. Daria war die Mutigste und ging voran. Cassandra folgte ihr. Die Kielerin schwenkte die Taschenlampe und erschrocken griff sie nach dem Unterarm ihrer besten Freundin.

„Ich kann mir nicht vorstellen, dass die vor über zweitausend Jahren schon Special-Effects hatten. Also was bitte ist das?", fragte sie zitternd und die Taschenlampen der anderen folgten ihrem Lichtstrahl.

Sogar der hartgesottene Professor erstarrte bei dem Anblick. Gänsehaut überzog alle Anwesenden.

„Ich habe gerade Millionen von Hummeltitten.", flüsterte Daria.

„Nicht nur du.", murmelte Johann. Er wies seine Begleiter an zurückzubleiben und ging einen Schritt vor. Er sah sich das Gebilde genau an.

„Wieder so etwas wie damals in der Bretagne?", fragte Carl.

„Nein. Weitaus schlimmer!", antwortete der ältere Professor.

---

[1] „Dämmerung – Showdown an der Ostsee"

Sie standen vor einem Thron, gefertigt aus menschlichen Knochen. Die Rückenlehne mit menschlicher Haut überzogen, auf der seltsame Schriftzeichen mit Blut aufgemalt waren. Auf der Sitzfläche lag ein Menschenschädel, aus dem Widderhörner herauswuchsen. Zwischen den Hörnern hing ein goldenes Kettchen mit einem knöchernen Teufelskopf. Kalter Schweiß bildete sich auf Johanns Stirn. Vor den Augen aller beteiligten löste sich der skelettierte Kopf in Luft auf. Er war einfach verschwunden.

„Was ist das hier?", fragte Cassandra. Ihre Zähne klapperten. Sie hatte das Gefühl, als wäre die Temperatur in den letzten Minuten um mindestens zehn Grad gesunken. Aus heiterem Himmel stand der Thron in Flammen und zerfiel zu Asche. Darunter kam eine steinerne Grabplatte zum Vorschein. Das Gesicht einer Frau mit gebogenen Hörnern und roten Haaren war darauf gemalt. Johann wischte mit einem Pinsel vorsichtig den Staub und Sand weg, so dass man das Bildnis ganz klar sehen konnte. Es sah aus, als wäre es nicht vor über viertausend Jahren angebracht, sondern erst vor kurzem.

Darunter stand in hebräischen Zeichen etwas geschrieben. Der Professor befreite die kleinen Vertiefungen mit dem Pinsel von Sand und Staub.

Dann las er den Text laut vor:

Und zu Beginn des zweiten Millenniums wird die Tochter von Satans Statthalter erwachen.
Aus dem ewigen Feuer steigt sie empor.

Der Morgenstern wir erlöschen und die Finsternis wird herrschen,
bis zu jener Stunde,
in der das Licht in einem Dämon leuchtet.

Arakniel

Johann drehte sich um und scheuchte alle aus dem Gewölbe.

„Wir müssen hier weg, alle. Sagt den anderen Teams, dass sie hier sofort rausmüssen!", befahl er. Er ging nochmal kurz zurück und machte ein paar Fotos mit seiner Handycam, dann folgte er den anderen.

Sie hatten gerade die Grabungsstätte verlassen, da stürzte alles ein. Zurück blieb ein riesiger Krater.

„Oh man, das erinnert mich an *Das Omen II*, als der ...", Carl wurde von Johann unterbrochen.

„Ja, nur mit dem kleinen, aber feinen Unterschied, dass Carl Bugenhagen den Einsturz im Film nicht überlebte. Wir zum Glück schon."

Der jüngere Archäologe ließ nicht locker.

„Was zum Teufel war das?" Johann seufzte. Er sah seine Begleiter ernst an.

„War an der Mauer ein Siegel oder ein Symbol aus Silber?"

„Ja, das hier.", antwortete Carl und kramte in seiner Tasche. Er zog eine silberne Scheibe mit Symbolen heraus sowie vier eiserne Nägel.

Johann brach zusammen und starrte den tellerartigen Gegenstand an und las, was darauf geschrieben stand. Er wurde blass.

„Wir sind sowas von im Arsch ...", flüsterte der Professor.

„Nun sag doch endlich mal, was los ist!", brüllte Carl. Johann sah ihn an, als hätte er einen Geist gesehen.

„Erinnerst du dich noch an die Schlacht von Tempeldorf und die zweite Welle auf Fehmarn?"

„Ja, warum?"

„Das war ein Kindergeburtstag. Die wahre Dämmerung wird nun über uns hereinbrechen."

Er hob die Silberscheibe hoch.

„Das ist Luzifers Siegel und er hatte hier etwas eingesperrt, was nie befreit werden sollte."

„Und das wäre?"

„Die Tochter seines Statthalters. Das Kind des Asmodeus ..."

4. Magische Schriften

In den Wäldern nahe Goslars, Harz
Unbeobachtet von den Menschen versammelten sich die Dryaden um ihrem Vater, den Waldgott Sucellus, zu empfangen. Geduldig warteten die Baumgeister auf ihn, bis er schließlich in einer grünen Nebelwolke erschien. Aber er war nicht allein. Ein Mann im Kapuzenmantel

mit einem mannshohen Stab, der an der Spitze einen gelben Kristall beherbergte, hatte ihn begleitet. Der Vater der Waldnymphen wirkte nicht so stark und konsequent wie sonst. Er sah erschöpft und ausgezehrt aus, so als hätte man ihm seine Macht genommen. Dann sahen die grünen Mischwesen es genau. Ihm fehlte ein Arm. Die Augen lagen tief in ihren Höhlen und der Kopf sah aus, wie ein mit Haut überzogener Totenschädel an dessen Kinn ein struppiger kleiner Bart wuchs.

„Das, mein lieber Freund, sind meine Töchter. Naresa wurde von Jonas gerettet[1], aber diese hier sind schutzlos. Bitte rette sie. Bring sie nach Avalon. Erfülle mir diesen einen Wunsch, Lucius."

Der Magier stützte den geschwächten Gott. Er konnte sich kaum auf den Beinen halten. Eine der Dryaden nahm ihre menschliche Form an. Das kleine Mädchen lief besorgt auf den Waldgott zu.

„Vater, was ist mit dir"

„Ich kann euch nicht mehr helfen, meine Kinder. Hört auf eure Schwester Naresa, ihre Freunde und auf Lucius. Sie sind eure einzige Hoffnung.", flüsterte er heiser. Er wandte sich dem Magier zu und legte seine knochige Hand auf dessen Schulter.

„Finde die Mädchen aus der Komturei. Sie sind in Gefahr. Wenn du sie nicht findest und rettest, werden alle sterben. Der Annihilator ist ..."

„Bereits hier!", zischte eine Gestalt, die aus dem dunklen Schatten eines Baumes heraustrat. Sie deckte den Waldgott mit Feuerbällen ein. Er ging in Flammen auf, die grünblau seinen Körper umhüllten. Sucellus brach zusammen und löste sich auf. Nur ein paar angebrannte Stofffetzen und verkohlte Holzstücke blieben von ihm zurück. Grüner Glitzerstaub rieselte auf den Mantel des Magiers. Der ruckte herum, richtete seinen Stab auf die Gestalt und ein dicker Blitz schoss heraus. Er traf den Annihilator und schleuderte ihn weit weg. Brennend wie ein Komet flog er davon. Lucius nutzte die Zeit und richtete den Stab auf die Waldnymphen. Der Kristall sog die Geschöpfe ein und alle zu ihnen gehörenden Bäume. Der Magier kniete vor den verkohlten Holzstücken nieder, nahm den silbernen Ring, der aussah wie geflochtener Efeu mit dem Lebensbaum im Mittelpunkt an sich. Er strich über die verbrannten Stücke.

---

[1] „Schattenwald"

„Lebe wohl, alter Freund.", flüsterte er und zog sich in einer Nebelwolke zurück.

Eine qualmende Gestalt stapfte durchs Unterholz und blieb inmitten der neu entstandenen Lichtung stehen. Sie breitete die Arme aus, sah in den Himmel und schrie wie eine Furie. Der Annihilator hatte nur einen Teilsieg errungen, aber er stand wenigstens nicht ganz dumm und erfolglos vor seinem Gebieter, wenn er ihm berichtete.

Tom und seine Begleiterinnen hatten die deutsche Grenze passiert. Die Autobahn war menschenleer. Plötzlich tauchte eine dunkle Gestalt in sicherer Entfernung auf. Der ältere Mann legte eine Vollbremsung hin und die beiden Frauen krachten nach vorn.

„Danke, aber ich war schon wach!", meuterte die Schwarzhaarige. Sie hob langsam den Kopf, rieb sich die Stirn und schaute über das Armaturenbrett. Sie spürte einen leichten Druck.

„Und, hast du alles im Blick, Gonzo?", fragte sie den auf ihrem Kopf sitzenden Chihuahua. Ein einzelnes Bellen verließ seine kleine Kehle.

„Gehört der zu euch?", erkundigte Tom sich bei den beiden Frauen.

„Luzifer!", stöhnte die Blondine. Die Gestalt mit dem Brustpanzer eines römischen Legionärs trug eine Kapuze, unter der rotglühende Augen hervorschauten. Sie zog ihre Flügel ein und kam langsam auf das Wohnmobil zu.

Die schwarzhaarige Frau spürte zwar die Aura des Bösen, aber fühlte keine Feindseligkeit oder Aggressionen. Kaum hatte sie ihren Gedanken zu Ende gebracht, öffnete sich die Seitentür wie von Geisterhand.

Die über zwei Meter große Gestalt trat ungefragt ein.

„Klopf, klopf!", sagte sie mit tiefer und sanfter, nahezu sympathischer Stimme.

„Ja wenn Sie schon mal drin sind, nehmen Sie doch Platz.", sagte Tom schüchtern.

„Ich danke dir, Mensch. Aber ich stehe lieber, denn mir bleibt nicht viel Zeit." Er sah die beiden Frauen an und seine Augen glühten rot.

„Ich brauche eure Hilfe.", sagte er ohne lange Erklärungen und kam gleich zur Sache.

Sein Blick wanderte wieder zu Tom. Luzifer hob seine Hand und in der Innenfläche bildete sich aus einem Licht heraus ein Amulett mit einem Ziegenkopf, der in einem Drudenfuß eingebettet war. Auf seinem äußeren

Rand stand etwas in einer uralten Schrift. Der Höllenfürst ließ den Schmuckanhänger fallen und er baumelte an einer silbernen Kette, dem gleichen Material, aus dem der Anhänger bestand. Er hob seinen Kopf und sah wieder den alten Mann an. Dann legte er ihm die Halskette um.

„Bringe dieses meinem Sohn. Bis dahin wird dich dieser Talisman vor meinen Feinden Schützen."

„Äh ... und wo finde ich ihn?", fragte Tom zaghaft.

„Das Amulett wird dich leiten." Er wandte sich wieder den Frauen zu, legte seine Hände auf ihre Köpfe und hellblaue Blitze zuckten um sie herum. Sie verdrehten die Augen, die rot strahlten. Als er sie losließ, saßen sie eine Weile benommen da.

„Dies ist mein Geschenk an euch. Aber nun muss ich gehen, meine Kraft schwindet." Die letzten Worte klangen wie aus weiter Ferne und er löste sich langsam auf.

Die beiden Frauen sahen sich erstaunt an und die Blonde sprach:

„Delia, du fährst. Wir müssen Tom sicher und heil nach Tempeldorf bringen."

Die Schwarzhaarige sah sie erstaunt an und murmelte:

„Cool, meine Erinnerungen sind wieder da. Deine auch, Alenya?"

Sie nickte und konnte es immer noch nicht fassen. Nach ein paar Minuten brach sie das Schweigen.

„Nicht nach Tempeldorf. Wir müssen dem Amulett vertrauen, denn es wird uns den Weg zeigen."

Delias Gedanken kreisten um Luzifer. Wenn er sie um Hilfe bat, hatte er richtige Probleme. Ohne Grund würde er keine Dämonen und einen Menschen mit einer derart wichtigen Mission beauftragen. Sie erhob sich von der Sitzecke und schritt nach vorn.

„Ab hier übernehme ich, Tom. Schau bitte mal in diesem Teil, wo die nächste Tankstelle ist. Ich brauch Kaffee.", sagte sie, deutete auf das Navigationssystem und setzte sich auf den Fahrersitz.

„Auf gehts. Suchen wir Luzifers Sohn.", murmelte sie und startete den Motor. Wirklich wohl war ihr bei dem Gedanken an den Höllenfürsten nicht.

4 Tage später in Itzehoe

Johann war aus Israel zurückgekehrt. Er war gleich nach der Landung in Hamburg zu seinem Laden in Itzehoe gefahren und suchte dort seine heiligen Kammern auf. Die einstigen Katakomben unter der Stadt gehörten mal zu einer Templerburg, die hier vor vielen hundert Jahren stand. Unbemerkt von den anderen hatte er aus der Gruft in Megiddo ein Buch und ein zurückgebliebenes Knochenstück mitgehen lassen. Letzteres war ein Oberschenkelknochen, der schräg weggebrochen war und eine ähnliche Form wie die eines Dolches besaß. Da er an der Stelle lag, wo der Knochenthron stand, ging er davon aus, dass es ein Überbleibsel davon war.

Auf dem Deckel des Buches war das Relief eines Teufelskopfes. Das Buch musste uralt sein, denn alleine der Einband war aus brüchigem Leder mit gestanzten und hervorgehobenen Verzierungen versehen. Ihm lief ein Schauer über den Rücken, als er sich das Werk genauer ansah. Im Inneren waren seltsame Zeichen, Skizzen und Bilder. Eines stach besonders hervor. Eine detaillierte Zeichnung einer gehörnten Frau, die haargenau aussah wie Alenya. Er putzte seine Brille und sah sich mehrmals die Seite des Buches an und merkte, dass er sich nicht getäuscht hatte. Die Schriftzeichen unter dem Bild veränderten sich und auch ihre Position. Sie schienen zu tanzen und nahmen schließlich jedes einen festen Platz ein. Sie bildeten einen kurzen Text. Abermals formten sich die Zeichen neu und wurden zu Buchstaben.

Aus Feuer geboren kehrt sie zurück., stand auf dem uralten Papier geschrieben.

Johann nahm die Brille ab, fuhr sich mit der Hand durchs Haar, sprach den Satz leise aus und überlegte.

„Du solltest nicht so viel grübeln, alter Mann.", erklang eine Stimme aus dem Hintergrund.
Schritte näherten sich langsam.

„Ich weiß mein Sohn, ich bekomme sonst zu viele Falten.", erwiderte Johann, ohne sich umzuschauen. Er schmunzelte. Sein Ziehsohn kam ihn selten hier unten besuchen. Aber wenn er es tat, musste etwas Wichtiges passiert sein. Eine Hand berührte ihn an seiner Schulter und Johann legte seine darauf und drückte sie sanft.

„Was kann ich für dich tun, Jonas?", fragte er. Der Polizist schaute dem alten Mann über die Schulter und entdeckte das Buch. Er erschrak als er das Bild und den Satz darunter sah.

„Das kann doch nicht wahr sein. Also ist Alenya doch ein Kuckucksei. Ich habe es geahnt, dass man ihr nicht trauen kann!", knurrte er zähneknirschend.

„Nein mein Junge, da tust du ihr unrecht. Das ist nicht Alenya, das ist Asmodeus Tochter." Er drehte sich mit dem Bürosessel zu Jonas um. Er sah ihm in die Augen.

„Aber ich dachte ..." Der Polizist deutete auf die Seite des Buches. Johann nahm seine Brille ab.

„Das dachten wir alle. Alenya war nur ein Opfer in Asmodeus perfiden Spiel." Der Professor schwieg einen Moment.

„Dieses Buch habe ich aus Israel heraus geschmuggelt. Ebenso wie dieses Knochenstück." Johann zeigte seinem Ziehsohn das Fundstück.

„Es lag Jahrhunderte in einer versiegelten Grabkammer unter einem Thron aus Menschenknochen und auf ihm ein Totenschädel mit Widderhörnern."

„Hast du Bilder davon gemacht?"

„Allerdings." Johann zog sein Smartphone aus der Jackentasche und zeigte Jonas die Fotos, die er in Megiddo gemacht hatte. Der Polizist kam aus dem Staunen nicht mehr heraus.

„Hast du ihn zerstört?", fragte er.

„Nein. Gleich nachdem ich die Bilder gemacht hatte, zerfielen der Kopf und der Thron zu Staub. Daraufhin stürzte alles zusammen. Wir konnten die anderen Archäologenteams gerade noch warnen und wir kamen knapp davon. Einige vom französischen und englischen Team haben es nicht geschafft."

„Aber ... was sagt uns das jetzt?"

Johann wich der Frage aus.

„Was gibt es Neues aus der Komturei? Habe ich etwas versäumt?"

Jonas sah zu Boden und scharrte mit dem Fuß auf den uralten Pflastersteinen.

„Die Mädels sind immer noch unauffindbar. Damona meinte, sie hätte kurz etwas von Delia und Alenya empfangen sowie einen Augenblick eine Schwingung von Yasmina, dann war alles wieder vorbei."

„Was? Und das sagst du mir erst jetzt?"

„Ja nun? Du hast mich ja eben erst gefragt."

„Hoffentlich leben sie noch.", murmelte Johann besorgt.

„Das hoffe ich auch. Wenn doch bloß Lucius oder Myrddin hier wären.", erwiderte Jonas.

Einen Moment lang schwiegen die beiden Männer.

„Ich werde euch keine allzu große Hilfe sein.", erklang eine dunkle Stimme. Nebelschwaden breiteten sich am Boden aus und in der Dunkelheit des riesigen unterirdischen Gewölbes leuchtete ein schwaches gelbes Licht.

„Lucius, dich schickt der Himmel.", sagte Jonas erfreut und begrüßte den Magier von Avalon. Johann kam dem nach.

„Seid gegrüßt, mein Freund.", sprach der Professor. Den beiden gefiel der düstere Blick des großen Mannes mit den langen weißen Haaren und Bart nicht.

„Was ist los, was betrübt dich?", fragte Jonas ihn.

„Myrddin hat vor kurzem Delia und Alenya gesehen, seitdem fehlt endgültig jede Spur von ihnen. Und als wäre das nicht schon schlimm genug, hat der Annihilator Sucellus getötet."

Der Magier holte ein kleines Fläschchen unter seinem Mantel hervor. Grüner Glitzerstaub war darin.

„Das ist alles, was von ihm übrig blieb." Lucius setzte sich auf einen der hochlehnigen Holzstühle. Er war mit den Nerven am Ende.

Jonas war geschockt. Er dachte dabei an die jüngste Tochter des Waldgeistes.

„Naresa wird durchdrehen, wenn sie das erfährt. Sie ist jähzornig, impulsiv und unbedacht, wenn sie rot sieht. Wenn sie davon erfährt sehe ich schwarz. Und dann erst ... ihre Schwestern.", befürchtete er.

„Um ihre Schwestern braucht ihr euch keine Gedanken machen. Ihre Lebensbäume konnte ich alle vor dem Dämonenpack in Sicherheit bringen."

„Deine Bedenken sind grundlos, Jonas." Alle drehten sich um und sahen in die Richtung, aus der die Frauenstimme kam. Das schummrige Licht, das durch die Tür einfiel, zeigte schwach die Umrisse einer Frau, die mit zwei Schwertern bewaffnet war. Ihre Panzerung glänzte zum Teil in dem Kerzenlicht. Langsam kam sie auf die Männer zu. Ihre Mähne bewegte sich bei jedem Schritt. Vor Jonas blieb die Frau stehen, sah ihn mit ihren orangefarbenen Augen traurig an. Sie umarmte ihn und er spürte, dass sie sowohl zornig aber zugleich ängstlich und verwirrt war.

„Was mache ich nur ohne Vater?", fragte sie schluchzend. Er drückte das Mädchen sanft an sich. Sie hatte sich als sein Schutzgeist in sein Leben katapultiert, aber jetzt war es umgekehrt. Diesmal benötigte sie seine Hilfe und Zuneigung. Das grünhäutige Wesen begrüßte Lucius und Johann mit einem Nicken, welches beide erwiderten.

„Woher wusstest du wo ich bin?", fragte der Kripobeamte die Dryade. Sie lächelte ihn an.

„Ich lese dich wie ein offenes Buch und bin außerdem mit dir verbunden, schon vergessen?" Sie schwieg einen Moment und sah Lucius an. Der Magier kam ein Schritt auf die Waldnymphe zu.

„Wir werden den Annihilator finden und zur Rechenschaft ziehen, mein Kind. Möglicherweise steckt er auch hinter dem Verschwinden von ...“

„Ich weiß.", unterbrach Naresa ihn.

„Da fällt mir ein, ich soll euch von Abbé Pierre ausrichten, Yasmina wurde eventuell in Schweden gesehen.“

„Was?", stieß es aus Jonas hervor. Kerzengerade stand er vor ihr.

„Wie geht es ihr?", fragte er aufgeregt.

„War Sarah auch dabei?"

„Nein. Pierre sagte etwas von einer indianischen Schamanin, mit der sie floh. Seitdem fehlt auch von ihr wieder jede Spur.“

„Wieso auch?"

„Das Myrddin Alenya und Delia gesehen hat, weißt du?"

„Ja. Lucius sagte es mir.“

„Das war in der Nähe von Rennes Le Chateau in den Pyrenäen. Sie sind mit einem Wohnmobil abgehauen, nachdem sie ein altes Zerstörtes stehen ließen. Delia muss ihre Fähigkeiten zurückerlangt haben, da sie ihr wahres Gesicht gezeigt hatte.“

„Na herrlich. Warum hat er die beiden Mädels nicht gleich geschnappt und hergebracht?", motzte Jonas.

„Weil er gar nicht wusste, was geschehen ist. Er lag einige Wochen im Tiefschlaf, um Kraft zu tanken.", versuchte Lucius ihn zu beruhigen.

Die Unterhaltung wurde unterbrochen durch das Erscheinen von drei Personen, die das Gewölbe betraten.

„Hallo, Professor Konrad.", sagte eine männliche Stimme. Naresa zog ihre Schwerter und stellte sich schützend vor Jonas und Johann. Zwei der Personen verwandelten sich. Dem großen Hünen sowie einer der Frauen wuchsen Hörner, fledermausartige Schwingen und sie gingen ihrerseits in Angriffsstellung.

„Gargoyles!", knurrte Jonas verächtlich und zog seine Beretta.

Yasmina wachte auf durch eine Berührung an ihrer Schulter. Sie schreckte hoch und sah in das Gesicht der Halbindianerin.

„Solveig, was ist los?"

„Alles okay. Ich wollte dir nur sagen, dass wir weiter müssen. Außerdem weiß ich jetzt, wo wir sind."

„Und wo?", fragte Yasmina gähnend.

„In einer uralten Höhle in Frankreich. Und ich habe das hier gefunden.", antwortete die Krankenschwester und zeigte ihr zwei Amulette. Sie leuchteten leicht. Ein Pentakel mit einem roten Edelstein in der Mitte, fünf blauen an jeder Spitze.

Die Orientalin nahm sich eines davon und es wurde heller, je näher es an ihren Körper kam. Plötzlich sprang das Schmuckstück sie regelrecht an, heftete sich an die Haut zwischen ihren Brüsten. Eine Kette bildete sich, legte sich um ihren Hals und verschloss sich. Der Anhänger strahlte kurz hell wie die Sonne auf und erlosch. Yasmina schrie vor Schmerz auf. Ein metallisches Klirren erklang und die Pein war fort. Ihre Augen leuchteten kurz grün auf. Sie sah nach unten und entdeckte einen kleinen Eisennagel auf dem Boden liegen. Blut tropfte herunter, als sie ihn aufhob, ihr Blut. Sie sah Solveig verdutzt an. Auch sie trug ein Amulett und hielt zwei blutige Eisennägel in der Hand.

„Das verstehe ich nicht. Warum waren in mir auch welche?"

Yasmina erschien ihr verändert. Irgendwas ging von ihr aus, was die junge Krankenschwester nicht einsortieren konnte. Die Augen der Orientalin hatten in der Hütte schon grün geleuchtet, aber dieses Mal war es intensiv und grell. Solveig fasste allen Mut zusammen und fragte ihre Begleiterin, obwohl sie sich nicht mehr so sicher war, ob sie eine Freundin oder Feindin war.

„Wer oder was bist du? Und ... was sind das für merkwürdige Amulette?", fragte sie zaghaft und zog ein Messer aus ihrem Gürtel. Sie nahm eine Abwehrstellung ein. Yasmina lächelte und setzte sich wieder auf den Boden an das kleine fast runtergebrannte Feuer.

„Ich wurde als Yas-Minh-Ra, geboren, die Tochter der Bastet. Die Amulette schützen uns." Sie schwieg einen Moment, dann fuhr sie fort.

„Und ich erinnere mich wieder an alles ... oder so. Und um deine nächste Frage zu beantworten: ich habe weder die Familie bei Ahus noch den Arzt getötet. Auch mit den anderen Toten habe ich nichts zu tun."

„Sagst du das jetzt nur, um mich zu beruhigen, oder ist das wahr?"

„Solveig, ich töte nur böse Kreaturen oder wenn es sich nicht vermeiden lässt. Ich habe noch nie unschuldige getötet, erst recht keine Kinder und habe auch nicht vor, meine Einstellung dazu zu ändern. Irgendeine finstere Macht versucht, mir diese Morde anzuhängen. Die Nägel, die in uns steckten, weißt du, was die bedeuten?"

„Ehrlich gesagt habe ich keinen Plan."

„Im Mittelalter wurde so etwas verwendet, um magischen Wesen, Dämonen und Hexen ihrer Kräfte zu berauben. Damit wurden mir auch meine Kräfte genommen. Einen Teil habe ich vielleicht zurück, aber irgendwer hat sich richtig Mühe gegeben, mich auszuschalten. Ich erinnere mich, dass ich mit meinen Freundinnen auf dem Weg zum Shoppen war, aber dann wurde alles schwarz und verschwand hinter einem Nebel. Ich erwachte neben der toten Familie. Ich rannte in Panik davon, ein Licht erfasste mich und ich wachte im Krankenhaus wieder auf."

„Oh ..."

„Hätte der Selbstheilungsprozess nicht eingesetzt und das Metall in meinem Körper abgestoßen, wären wir vermutlich beide jetzt tot. Diese Kreatur hatte es auf uns abgesehen. Ich verstehe nur nicht, warum auch du die Eisennägel im Körper hattest."

„Meine Mutter war eine Hexe. Vielleicht hat es ja damit zu tun?"

„Ja, ich vergaß. Aber warum warst du dann in der Lage uns hierher zu bringen? Da muss mehr in dir sein ..."

„Vielleicht die schamanische Seite?"

Yasmina überlegte eine Weile, dann hob sie hektisch einen Zeigefinger.

„Ich habs! Du bist ein Hybridwesen. Deine Hexenseite ist magisch und deine Schamanenhälfte ist eine Naturkraft. Das erklärt einiges, denn die ist für magische und schwarzmagische Wesen nicht spürbar."

Yasmina nahm eine meditative Haltung ein und konzentrierte sich. Sie streckte ihre geistigen Fühler aus. Solveig ahnte, was die schwarzhaarige Frau vorhatte und baute eine Barriere um sie herum auf. Sie drang in den Geist der Göttertochter vor und bekam Gewissheit. Sie versuchte Kontakt mit ihren Freunden aufzunehmen.

Naresa, Rufus und Daria standen sich lauernd und wachsam gegenüber. Keiner wagte den ersten Schritt. Lucius löste sich von der Dryade, Jonas und Johann. Er stellte sich zwischen sie und die beiden Gargoyles.

„Genug! Es reicht!", sagte er bestimmend. Er drückte die Arme von Jonas und Naresa sanft nach unten.

„Die beiden sind unsere Freunde.", sprach er ruhig zu der Waldnymphe und dem Polizisten, die dann langsam die Waffen senkten. Daria und Rufus verwandelten sich daraufhin zurück in Menschen. Cassandra seufzte erleichtert und ging auf ihren Liebsten zu und hakte sich bei ihm ein. Skeptisch beäugte der große Mann die Dryade, die zwischenzeitlich ihre Waffen wieder weggesteckt hatte sowie den Polizisten.

„Lucius, könntest du uns mal bitte aufklären?"

„Seid ihr dafür nicht schon ein wenig zu alt?", feixte der Magier schelmisch grinsend. Jonas sah Lucius daraufhin grimmig an.

„Haha, ha ... ha..." Naresa sah sich um.

„Oh ... das war ein Witz? Äh ... beim nächsten Mal bitte eine Ankündigung vorweg, damit ich mich darauf einrichten kann.", unkte die Dryade.

„Du bist zu oft mit Delia zusammen!", knurrte Lucius und funkelte das grünhäutige Mädchen an. Sie lachte.

„Der war wenigstens gut.", stänkerte sie.

„Sind die Herrschaften jetzt fertig?", fragte Johann. Er versuchte, die gespannte Lage zu beruhigen, indem er zu einer Erklärung ausholte. Er erinnerte sich dabei an ein Ereignis vor ein paar Monaten.

„Das sind Rufus und Daria. Mia und ich befreiten Sie vor einiger Zeit aus Gruft in St. Peter Ording[1].", erzählte Johann seinem Ziehsohn und der Dryade. Er holte tief Luft und stellte sie einander vor. Anfangs noch misstrauisch reichten sie sich dann die Hände. Der Professor ließ seinen Freunden und den Neuankömmlingen ein wenig Zeit sich miteinander bekannt zu machen.

„Daria, Rufus, wie habt ihr diesen Ort eigentlich gefunden?", fragte Lucius. Das Mädchen sah ihn ernst an.

„Meister, Ihr vergesst, dass wir Gargoyles einen sehr guten Geruchssinn haben. Wir folgten Eurer Spur und ... was ist das hier überhaupt für ein Ort? Er ... er strahlt so viel von längst vergangener Magie und Macht aus."

---

[1] „Der Seelenjäger – Die Tochter des Grafen"

„Wohl war. Das muss mir entgangen sein.", antwortete er lächelnd.

„Aber was führt euch hier her?"

Daria holte tief Luft, dann berichtete sie von dem, was
sie so aufwühlte. Sie sah Johann mit ernstem Blick an.

„Professor, Ihre Enkelin nahm Kontakt mit mir auf,
kurz nachdem wir aus Megiddo zurückkamen. Sie war
sehr besorgt und wirkte erschöpft, so als hätte ihr etwas
die Kräfte genommen. Ich habe sie daraufhin nach Avalon zurückgebracht. Sie war nicht mehr in der Lage dazu."

„Oh mein Gott, ist sie ..." Dem Archäologen versagte
die Stimme und das Mädchen legte seine Hand auf Johanns Schulter. Sie schüttelte den Kopf.

„Nein. Ich war schnell genug. Aber eine Stunde später
und ... und sie wäre nicht mehr. Jedenfalls war ich
schnell genug für ihre Rettung."

Tiefe Betroffenheit griff um sich. Johann sank zu Boden und Naresa konnte den alten Mann gerade noch auf-
fangen. Sie legte ihre Hände an seine Schläfen und grüner Nebel umgab sie und den Professor. Jonas erinnerte
sich an diesen Vorgang. Die Dryade hatte ihm auf diese
Art auch in Oker geholfen.[1] Langsam kam der Ziehvater
des Polizisten wieder zu Kräften. Er schaute die Waldnymphe dankbar an. Das grünhäutige Mädchen lächelte
und half ihm auf die Beine. Man merkte ihr an, dass sie
den alten Mann mochte.

„Aber was veranlasste Mia dazu sich aus ihrer De-
ckung herauszuwagen, wenn sie wusste, dass sie zu
schwach ist?", fragte Lucius.

„Diese Antwort wird euch nicht gefallen.", antwortete
Daria. Ihre Augen leuchteten kurz rot auf.

„Sie hatte einen Sprung in eine andere Dimension ge-
wagt, weil sie mehr über Isabell, ihre Mutter, erfahren
wollte und tappte in eine Falle. Der Annihilator griff sie
an und ihre Kräfte versagten. Diese Kreatur des Bösen
verschleppte Mia in die Hölle, um sie den anderen zu
bringen. Nur dem selbstlosen Eingreifen einer mächtigen
Kreatur ist es zu verdanken, dass sie entkam, bevor auch
sie in Ketten am Blutfelsen landete. Er katapultierte sie
zurück in diese Welt, direkt vor meine Füße. Sie war wie
schon gesagt ihrer Kräfte und Lebenskraft beraubt entsetzt von dem, was sie dort sah."

---

[1] „Schattenwald"

„Der Blutfelsen? Das ist unmöglich. Der befindet sich unterhalb des Kölner Doms.", entgegnete Johann.

„Wer ist *Er* und was hat sie gesehen?", fragte Jonas. Daria bekam kein Wort heraus. Er ging auf das Mädchen zu, packte es an den Schultern und schüttelte es. Sie ließ es sich gefallen, weil sie in seinen Augen sah, dass er etwas befürchtete, was niemand in diesem Gewölbe aussprechen wollte.

„Los, rede!", brüllte er.

Er verlor die Beherrschung. Daria wehrte sanft seine Hände ab. Sie packte nun ihn an den Schultern, sah ihn ernst an und sagte:

„Gerade du musst jetzt besonders stark sein, Jonas Drake." Das Mädchen griff so fest zu, dass der Polizist zu keiner Bewegung mehr fähig war. Angst stieg in ihm auf. Ein kalter Schauer erfasste ihn, kroch von den Füßen aus an ihm hoch und verlagerte sich ins Körperinnere. Sie breitete sich bis in seine Haarspitzen aus. Dann ließ Daria die Katze aus dem Sack.

„Die Kreatur gab Mia das hier mit.", flüsterte sie und reichte ihrem Meister ein Amulett. Lucius nahm es wortlos entgegen. Er erstarrte als er es betrachtete.

„Nun ist es doch soweit gekommen ...", murmelte er.

„Was ist soweit gekommen?", fragte Jonas zaghaft. Er stand neben sich und fand den Rückweg nicht. Eine beklemmende Atmosphäre machte sich breit.

„Luzifer, der Fürst der Hölle, erbittet Hilfe von seinem Sohn.", flüsterte er und erblasste.

„Das ist aber nicht alles.", warf Daria ein.

„Mia sah an dem Blutfelsen weitere Personen in Ketten, ihrer Macht und Seelen beraubt." Sie schluckte hart.

„Wen?", fragte Jonas krächzend.

„Deine Frau, deine Tochter, Alenya, Delia und Ariel.", gab sie bedrückt zurück. Die Einzelheiten die Mia der Dämonentochter berichtete, hielt Daria zurück. Jonas sank auf die Knie. Es war ein schwerer Schock für ihn. Naresa eilte zu ihm und umarmte ihn. Sie versuchte, ihm Kraft zu übertragen, aber es gelang ihr nicht. Er sperrte sich. Plötzlich erhob er sich und seine Augen strahlten eine Eiseskälte aus, die niemand von ihm kannte. Er schien ein anderer zu sein. Der Polizist stapfte auf den langen Tisch in dem Gewölbe zu und deckte sich mit magischen Waffen ein und griff zu guter Letzt zu dem großen Henkersbeil.

„Wie schlimm ist es?", fragte eine dunkle tiefe Stimme, die niemand von ihnen kannte, außer einem. Er drehte sich um und sah mit perlmuttfarbenen Augen in die Runde. Er war nicht mehr der Jonas Drake, den sie kannten, denn etwas hatte sich verändert.

„Sehr schlimm. Unsere besten Kämpfer gegen das Böse sind nicht mehr bei uns.", antwortete Lucius. Er räusperte sich.

„Willkommen zurück, Cedric."

Johann schaute seinen Ziehsohn an und sah den gnadenlosen Blick eines anderen. Der Polizist sah ihn an und lächelte finster.

„Keine Sorge. Jonas geht es den Umständen entsprechend gut. Ich habe seinen Körper übernommen und ihn auf seine innere stille Treppe gesetzt."

Die dunkle Stimme ließ die anderen erschauern und er fuhr fort.

„Ihr braucht keine Angst vor mir zu haben. Ich weiß, wie sehr Jonas euch, seine Freunde, schätzt."

„Und wer ... sind Sie?", fragte Daria schüchtern. Auch Naresa war besorgt um ihren Freund.

„Das ist Cedric Drake, der Dämonen- und Hexenkiller, Jonas Urahn.", erklärte Lucius.

„Ich übernehme nur, solange Jonas sich in diesem Zustand befindet. Sobald er wieder bei Kräften ist und geradeaus denken kann, überlasse ich seinen Körper wieder ihm.", führte der Hexenhenker aus.

„Wer ist eigentlich Luzifers Sohn?", fragte Cassandra kleinlaut. Rufus stupste sie leicht an und schüttelte kaum merkbar den Kopf. Sie sah ihn ungläubig an.

„Habe ich etwas falsch gemacht?" Sie schaute ihn mit großen Augen an. Die junge Frau mit der blond gelockten Mähne war verunsichert.

„Nein, mein Kind.", erwiderte Lucius. Er kam einen Schritt auf sie zu und sie wich zurück.
Der Magier stoppte unmittelbar.

„Es ist jemand, der wegen dieser Vorgänge stinksauer sein wird."

Die Festung bei Tempeldorf

Das Haupttor wurde geöffnet und eine schwarze Mercedes-Limousine fuhr in den Innenhof. Mit forschem Tempo umkreiste sie die Eibe, die Hinterräder drehten durch und schleuderten kleine Steinchen davon. Der Wagen stellte sich quer und kam zum Stillstand. Die

Fahrertür wurde aufgerissen und Nick Hübner taumelte heraus und stolperte ungelenk zum Speisesaal. Wie immer um diese Zeit saßen Anya, Damona und einige der Templer hier und genossen ihren Kaffee. Kathi, seine Tochter, die am Tisch mit der Hexe und der Dämonin saß, sprang auf.

„Papa, was ist passiert?", fragte sie erschrocken, als sie ihren Vater leichenblass und sichtlich erschöpft den großen Saal betreten sah. Sie stürmte auf ihn zu und fing ihn ab, bevor er zusammenbrach. Erst jetzt bemerkte sie, dass er eine tiefe stark blutende Wunde in der rechten Seite hatte. Anya und Damona eilten sofort hinzu und setzten ihre Fähigkeiten zur Heilung des Polizisten ein. Nick wurde bewusstlos. Anya sah Kathi an.

„Er hat viel Blut verloren und ... die Wunde entstand nicht durch eine menschliche Waffe."

„Was?", fragte das Mädchen erschrocken.

„Es waren vier rasiermesserscharfe Klingen."

„Woher ..."

Anya öffnete ihre blutige Hand und ein gebogenes Metallstück lag darin.

„Der Annihilator!", knurrte Damona.

Kathis Augen weiteten sich und glühten kurz rot auf.

„Kommt er durch?"

„Leider nicht. Es sei denn ..."

„Was, denn?", unterbrach das Mädchen die Hexe verzweifelt.

„Ein Dämonengift breitet sich in ihm aus. Dein Vater kann nur überleben, wenn ..."

Kathi ahnte, worauf Anya hinaus wollte.

Blitzschnell griff eine Hand nach ihrem Unterarm und drückte fest zu. Ihr Vater war aufgewacht. Mit glasigen blutunterlaufenen Augen sah er sie an.

„Nein! Ich befehle dir, es nicht zu tun. Es ist nicht der Wille des Asmodeus!", schrie er sie an. Das Mädchen riss sich los und sprang auf. Das war nicht mehr ihr Vater. Erst jetzt fiel ihr auf, dass sich seine Haut veränderte. Sie wahr blass, mehr grau und kleine Verästelungen bildeten sich. Seine Adern wurden schwarz. Kathi war entsetzt und sah erst Damona dann Anya hilfesuchend an. Sie wollte nicht, dass ihr Vater zu einem Monster wird. Die Hexe sah sie durchdringend an.

„Es bleibt nicht mehr viel Zeit.", sagte sie leise.

„Und was passiert mit dem Gift? Werde ich dann statt ihm zu einem Monster?"

„Nein. Nicht wenn wir das verhindern können, und das werden wir.", warf Damona ein. Die weiße Vampirin sah ihren Vater an, dann die beiden Frauen. Sie vertraute ihnen blind. Aus ihrem Oberkiefer wuchsen die Fangzähne des Vampirs in ihr. Sie beugte sich über den am Boden liegenden Mann.

„Verzeih mir, Papa.", flüsterte Kathi mit Tränen in den Augen und schlug ihrem Vater kräftig die Zähne in den Hals.

5. Metamorphose

Die drei Templer saßen in Yelena Svedbergs Büro. Keiner sagte etwas, bis die pummelige Polizistin das Wort ergriff.

„Wie kommt es, dass ihr so schnell aus Lund gekommen seid?"

„Ich habe vorhin einen Anruf aus der Komturei bekommen. Wir können die Suche hier beenden."

„Wieso das? Was ist passiert?", fragte Yelena erstaunt. Pierre wich der Frage aus.

„Wir müssen umgehend zurück nach Tempeldorf."

„Dann komme ich mit!", stellte die Polizistin klar. Der Templer sah den ernsten Blick der Schwedin und wusste, dass er sie nicht davon überzeugen konnte, hier in Malmö zu bleiben. Und dann war da noch ihr lauernder Blick und das Trommeln ihrer Finger auf der Tischplatte.

„Okay. Ich habe erfahren, dass Yasmina, Delia, Alenya, Sarah und Ariel von Asmodeus ihrer Seelen beraubt in der Hölle schmoren. Dem gehörnten Bastard ist es irgendwie gelungen, sie erst zu neutralisieren, und schließlich zu entführen. Jonas ist vom Geist seines Urahn Cedric Drake übernommen worden und Mia ist halbtot von einem Gargoyle nach Avalon gebracht worden. Auf Hochdeutsch: Wir sind im Arsch." Der Templer sah geknickt zu Boden.

Nach ein paar Minuten des Schweigens fügte er hinzu:

„Und wäre das alles nicht schon schlimm genug, kam Johann mit der nächsten Hiobsbotschaft. Asmodeus bereitet die Rückkehr seiner Tochter vor."

„Bitte was? Ich denke, Alenya wurde vernichtet und ist als lammfrommes Mädchen zurückgekehrt."

„Nein. Sie und auch die Schlacht um Tempeldorf sowie die auf Fehmarn waren nur eine Aufwärmrunde. Das, was nun auf uns zukommt, ist weitaus schlimmer."

„Aber der wurde doch von Luzifer in Ketten gelegt und somit außer Gefecht gesetzt."

„Ja, aber er muss mächtige Verbündete haben, denn er wurde befreit."

Yelena bekam den Mund nicht mehr zu.

„Luzifer muss sowas von in der Tinte sitzen, denn er hat uns, seine eigentlichen Gegner, um Hilfe gebeten ..."

Nachdem die schwedische Polizistin sich gefasst hatte, erwiderte sie:

„Noch ein Grund mehr für mich, euch zu begleiten! Mein spezielles Einsatzkommando nehme ich mit. Und vielleicht bekommen wir ja noch weitere Verstärkung. Die Jungs sind ganz heiß darauf Asmodeus in den Arsch zu treten!"

„Die kommen aus Caldors Dimension.", klärte Karsten den Abbé auf.

„Wie viele sind es?", fragte Pierre.

„Sechsundvierzig.", erwiderte Yelena.

„Silberdämonen?"

„Jap.", antwortete sie stolz.

Die Festung bei Tempeldorf

Die Templer und Bewohner der großen Burg waren in Alarmbereitschaft. Sie rüsteten die Türme mit Waffen auf und bereiteten alles für die Verteidigung vor. Sechs ehemalige Linienbusse verließen die Festung, um die Bewohner von Tempeldorf zu evakuieren.

Inmitten des chaotischen Gewusels hielten sich Anya, ihr Lebensgefährte John, Damona, Kathi und Nick Hübner in der Kapelle auf.

Der Polizist lag auf dem Altar, umringt von Kerzen. Er bewegte sich und öffnete die Augen. Verwirrt sah er sich um und erblickte das Gesicht seiner Tochter. An ihren Mundwinkeln klebte Blut, aber das störte ihn nicht. Ihm war bewusst, dass Kathi ein weißer Vampir war. Er hörte den Lärm außerhalb der Kapelle. Der Krach war für ihn ohrenbetäubend. Sein Magen knurrte wie ein hungriger Wolf. Er sah Anya, die lächelnd neben ihm stand und ihre Hand auf seine Schulter legte.

„Hast du neuerdings Asthma?", fragte er die Hexe. Sie sah erst ihm in die Augen, dann hob sich ihr Kopf und sie schaute zu Kathi.

„Sein Gehör ist schon mal sehr ausgeprägt.", sagte sie. Nick hörte Schritte, die sich näherten. Er setzte sich auf und sah sich um.

„Da kommt jemand.", murmelte er. Zwei Minuten später öffnete sich die Tür vom Durchgang zur Küche und John kam mit einem Kaffee in die Kapelle. Er drehte sich um und rief in den angrenzenden Raum:

„Bringt noch mal vier Becher."

„Warst du zu langsam, dass deiner schon leer ist?"

„Ruhe da hinten, sonst gehst du heute Abend barfuß ins Bett."

„Och menno ...", kam die Reaktion des Templers aus der Küche gefolgt von Gelächter.

„Na alter Freund, wieder fit?", fragte John. Der Polizist sah ihn an, lächelte müde und nahm ihm den Kaffee weg.

„Halt, nicht!", ermahnte Kathi ihn, aber er hörte nicht auf sie. Er nahm einen großen Schluck und riss die Augen auf.

„Alter, was ein geiles Süppchen. Wer hat den denn gekocht?", fragte er und kippte sich den Rest rein. Anya musste lachen.

„Manche Dinge ändern sich einfach nie."

Dann ruckte sein Kopf herum zur Tür zum Innenhof.

„Jonas kommt zurück.", sagte er. Er sah in den leeren Becher und runzelte die Stirn. Wieso konnte er plötzlich so gut riechen, hören und schmecken? Er sah seine Tochter ernst an. Die guckte verlegen zur Seite, an ihm vorbei. Jetzt erst wurde Nick bewusst, dass etwas mit ihm passiert war.

„Äh ... was läuft hier ab?", fragte er, sah an sich herunter und entdeckte das zerfetzte Hemd mit viel Blut, sein Blut. Er fing an, sich zu erinnern. Seine Hand griff nach dem Kleidungsstück und zog es hoch. Die tiefen Wunden waren spurlos verschwunden. Anya nahm Nicks Hand, die sich kalt anfühlte. Über kurz oder lang würde seine normale Temperatur vielleicht wieder zurückkehren, wie bei seiner Tochter. Bei Vanessa Klamps, der Vampirhexe war das nicht der Fall.

„Nick, erinnerst du dich, was geschehen ist?"

Der Polizist sah sie an. Seine Augen waren nicht mehr braun, sie waren eisblau. Er kratzte sich am Kopf.

„Ich war erst Tanken, dann auf dem Weg nach Hause. Als ich vor der Wohnung stand empfing ich einen mentalen Hilferuf von Ariel. Ich solle zum Stadtpark kommen und fuhr sofort los. Aber statt ihr stand mir eine Kreatur mit einer schwarzen Jacke, Kapuzenpulli und einer silbernen Maske gegenüber. Sie griff mich sofort an und riss mir die Seite auf. Wären nicht zufällig Kollegen in der Nähe gewesen, die das beobachtet und das Feuer eröffneten, wäre ich jetzt tot. Ich taumelte zurück zum Auto und fuhr hierher. Von da an fehlen mir die Erinnerungen."

Anya schaute Damona an und beide wandten sich wieder dem Kripo-Beamten zu.

„Hat die Kreatur irgendetwas gesagt?", fragte die Dämonin.

„Ja, dass ich das nächste Blutopfer für die Wiederkehr sei. Keine Ahnung was sie damit meinte." Er dachte einen Moment nach, dann fragte er:

„Und würde mir jetzt mal jemand verraten, was seitdem passiert ist?" Er fuhr sich mit der Zunge über die Lippen, weil sein Mund so trocken war und erschrak. Er dachte an einen Irrtum und wiederholte den Vorgang. Dann ein drittes und ein viertes Mal. Er hatte sich nicht geirrt. Er hatte im Oberkiefer zwei dolchartige lange Zähne. Sein Blick wanderte über die Gesichter der Anwesenden. Anya und Damona sahen ihn regungslos an, John zuckte mit den Schultern und dann blieb sein Blick an Kathi hängen. Er zog eine Augenbraue hoch. Lauernd sah er seiner Tochter in die Augen. Sie sah sich hilfesuchend in der Runde um. John erbarmte sich und ergriff das Wort.

„Es gab keine Chance oder andere Möglichkeit. Entweder deine Vernichtung oder diesen krassen Schritt. Wir zogen Letzteres vor. Anya hat aus deinen Wunden dieses Klingenstück heraus geholt. Es war mit einem Dämonengift überzogen. Eben jenes wirkte bereits und hätte dich zu einem der ihren gemacht. Also mussten wir diesen Schritt gehen."

„Ja ja, schon gut. Was habt ihr mit mir gemacht?", fragte er, obwohl er die Antwort eigentlich schon wusste. Er wollte sie nur von seinen Freunden hören.

Kathi bekam noch immer kein Wort heraus. Sie traute sich nicht aus Angst vor der Reaktion ihres Vaters. Deshalb übernahm Damona das Reden.

„Anya und ich haben als Katalysator fungiert um das Dämonengift zu neutralisieren während Kathi dir ..." Da verließ auch sie der Mut und sie sah ihren Freund und Kampfgefährten verlegen an. Sie setzte ohne Abschweifung alles auf eine Karte.

„Du bist jetzt ein Vampir ... ein weißer ... Vampir.", stammelte sie.

„So, nun weißt du es und nun leg los!" Sie rechnete damit dass er ausrastete und alle im Raum zusammenscheißen würde. Zu ihrem Erstaunen passierte nichts. Einfach nichts. Nick stand auf und ging durch die Kapelle. Er tigerte wie ein aufgescheuchtes Huhn hin und her. Er berührte die Bibel, die neben dem Altar lag, das große Kruzifix, welches von der Decke hing, das geweihte Silber, aber nichts geschah. Keine Schmerzen, keine Verbrennungen, nichts, was einem normalen Vampir sonst in so einem Gebäude passieren würde. Nick sah sich um und schaute seine Freunde nacheinander an. Er nickte.

„Okay ...", brummelte er und verließ die Kapelle. Anya, Damona, John und Kathi sahen sich ratlos an.

„Und ... was war das jetzt?", fragte John leise.

„Das war Pragmatismus in Perfektion.", seufzte die Hexe erleichtert.

Jonas fuhr die Zufahrtsstraße zur Komturei entlang. Sie wurde nur noch so genannt, denn nach der Schlacht auf Fehmarn wurde sie deutlich vergrößert und stärker befestigt. Die alte Komturei war im Vergleich zu der jetzigen Festung ihre Besenkammer. Der gigantische Anblick faszinierte ihn jedes Mal aufs Neue. Aufgrund der Größe dieses Bollwerks gegen das Böse war das monströse Gebäude schon aus ein paar Kilometern Entfernung zu sehen. Das wahre Ausmaß war nur zu erahnen. Erst wenn man davor stand konnten die Menschen begreifen, was da vor ihnen stand. Krak des Chevaliers oder Château Gaillard waren etwas kleiner als diese Festung.

Manche nannten das Bollwerk scherzhaft Carcassonne des Nordens.

Cassandra bekam vor Staunen den Mund nicht mehr zu. So erging es wohl allen Menschen, die an diesem steinernen Koloss vorbei fuhren.

„Und hier lebt ihr? Ist ja der Wahnsinn.", schwärmte das Mädchen.

„Wie viele Menschen leben denn hier? Ist ja riesig das Ding."

Jonas schmunzelte, sah zu Johann, der grinsend auf dem Beifahrersitz saß. Dann schaute er in den Innenspiegel und sah die vor erstaunen weit aufgerissenen Kulleraugen der hübschen Blondine.

„Um die zweitausend Templer aus verschiedenen Epochen, ein paar hundert Menschen und einige Dämonen, Vampire, Hexen und magisch begabte Wesen sowie Menschen haben hier ihre neue Heimat gefunden."

„Seht mal, unsere Luftwaffe ist auch schon da.", sagte Johann und zeigte zum Himmel. Aus verschiedenen Himmelsrichtungen steuerten Gargoyles die Festung an. Sie landeten auf den sechs Wehrtürmen.

„Und da vorn kommen die Busse aus Tempeldorf. Demnach hat die Evakuierung reibungslos geklappt.", äußerte Jonas sich. An der T-Kreuzung ließ er die Busse passieren. Er schloss sich mit seinem Volvo S80 den Fahrzeugen an. Auf einem der Türme des Haupttores stand ein Gargoyle, der hektisch winkte.

„Rufus.", flüsterte Cassandra verliebt.

Plötzlich kamen weitere Fahrzeuge, ein silberner Saab und zwei VW Busse von hinten auf sie zugerast. Die schwedische Limousine setzte sich genau neben den Volvo und hielt das Tempo. Wild hupend winkte eine pummelige Frau rüber. Jonas winkte lachend zurück. Er öffnete das Fenster der Fahrertür und rief rüber.

„Auffallen um jeden Preis, was?"

„Aber sicher doch. Dieses Mal habe ich auch nur neun Radarfallen entdeckt.", antwortete sie gackernd.

„Ja, nachdem sie dich alle geblitzt hatten!", maulte Pierre, der auf dem Beifahrersitz saß.

„Gott sei Dank habe ich dieses Martyrium gleich hinter mir. Yelena hat einen grauenhaften Fahrstil."

„Wem sagst du das? Ich erinnere mich noch daran, was sie von meinem Volvo übrig gelassen hat."[1]
Der Polizist zeigte nach vorne.

„Diese Burg hat einen Graben. Nur so zur Info.", rief er Yelena zu. Sie bemerkte noch rechtzeitig, dass sich die Fahrbahn verengte, und scherte hinter Jonas Wagen wieder ein. Die Fahrzeuge rumpelten über die lange Zug-

---

[1] „Der Seelenjäger – Die Schatten"

brücke. Sie passierten die Außenmauer, überquerten den inneren Burggraben und durchfuhren einen kurzen Tunnel. Sie folgten einer etwas breiteren Gasse und erreichten nach etwa einhundert Metern und einer weiteren Zugbrücke den Innenhof. Vier Templer wiesen die Fahrer auf die ihnen zugedachten Plätze ein.

„Home, Sweet Home.", sagte der Polizist und fuhr seinen Wagen direkt in die Fahrzeughalle unter dem Wirtschaftsgebäude.

Jonas, Johann und Cassandra begaben sich direkt in den Speisesaal, wo die anderen schon auf sie warteten. Yakup, der kurz vor ihnen eintraf, schaute sich amüsiert die blonde Studentin und den Gargoyle Rufus, der sich in einen Menschen verwandelt hatte, an. Er konnte sich das Stänkern nicht verkneifen.

„Wenn ihr pimpert und Cassandra schwanger wird, legt sie dann Eier?" Der Hüne verwandelte sich in den riesigen Gargoyle und knurrte den großen Türken - der gegen Rufus klein wirkte - mit rotglühenden Augen an. Er wich einen Schritt zurück und wurde blass.

„Nicht gut?", fragte er kleinlaut. Der geflügelte Riese mit den Hörnern schüttelte den Kopf.

„Nicht gut!", murmelte Yakup, drehte sich um und ging auf seinen Freund und Kollegen zu. Der lachte.

„Kleiner Tipp: Er kennt dich nicht, ist nicht Ariel und muss noch lernen was Humor ist.", sagte er.

„Ja was denn? Mit den Flügeln sehen die doch alle gleich aus.", murmelte Yakup.

„Ach. Aber den Unterschied zwischen Mann und Frau sowie einen Meter sechzig und zwei Meter zwanzig muss ich dir jetzt nicht extra erklären, oder?"

Yakup zog sich schmollend in den hinteren Bereich des Speisesaals zurück. Jonas sah an Rufus hoch.

„Nichts für ungut kleiner, er kann nichts dafür. Er kam schon so zur Welt.", sagte er und zwinkerte dem riesigen Geschöpf lächelnd zu.

Nick Hübner stand auf dem Ostturm und sah sich den Sonnenuntergang an. Er trug eine Sonnenbrille, weil er vom Licht Kopfschmerzen bekam. Er hörte Schritte, die die Treppe hinaufkamen. Der Geruch der beiden Personen kam ihm bekannt vor, obwohl sie noch zwei Stockwerke unter ihm waren. Sein Blick schweifte über die Landschaft und er konnte in weiter Ferne ein Auto sehen, das auf die Festung zufuhr. Ein Mensch hätte es ohne Fernglas nicht erkennen können, doch Nick war in der Lage sogar das Nummernschild zu lesen. Ein schwarzer Audi aus Goslar. Er lächelte. Auch da wusste er, wer dort ankam. Mick Steffens und eine blonde junge Frau.

Seine Freunde hatten sich zur Lagebesprechung im Speisesaal versammelt, aber er wollte lieber alleine sein. Seine Gedanken kreisten um sein neues Dasein.

Die Schritte erreichten die Aussichtsplattform.

„Na ihr beiden, nun habt ihr mich ja gefunden.", sagte er leise, dann drehte er sich um. Er lächelte und ging auf die schwarzhaarige Vampirhexe zu.

„Hallo Vanessa.", begrüßte er sie und umarmte die Frau. Die Kälte ihrer Körpertemperatur nahm er gar nicht wahr, denn seine war ähnlich.

„Hallo, mein Großer. Wie geht es dir?", fragte sie ihn. Er zuckte mit den Schultern.

„Na ja, ich fühle mich ein wenig blutleer, aber sonst geht es." Nick schaute über die Schulter der Schwarzhaarigen hinweg und sah die beschämt und traurig dastehende Kathi. Er löste sich von der Vampirhexe und breitete seine Arme aus.

„Na komm schon her meine süße.", flüsterte er. Seine Tochter kam auf ihn zu gerannt und beide fielen sich in die Arme. Das Mädchen schluchzte.

„Papa, es tut ..." Weiter kam sie nicht, denn er löste sich von ihr und legte ihr seinen Zeigefinger auf die Lippen.

„Ist gut mein Schatz. Auch wenn ich damit noch nicht ganz klar komme, aber ich bin dir dennoch dankbar. Immerhin hast du mir das *Leben* gerettet." Kathi schaute ihn an.

„Du bist mir nicht böse?", fragte sie schluchzend.

„Nein. Ich muss mich nur erstmal an dieses Dasein gewöhnen."

„Das ist relativ einfach. Bei den einen geht es schneller, bei den anderen dauert es etwas länger. Ich habe es in den letzten 430 Jahren auch geschafft, damit umzugehen.", sagte Vanessa. Sie nahm die beiden an die Hand.

„Nun kommst du mit und wir werden dir alles beibringen, was du wissen musst. Deine Ausbildung wartet."

„Oh ... Vampir werden ist ein Ausbildungsberuf?"

„Du Paddel. Mach dich nicht über mich lustig.", erwiderte die Vampirhexe lachend, dann lösten die drei sich auf und verschwanden.

Die hochschwangere Frau hatte Angst. Sie spürte die eisernen Fesseln mit den schweren Ketten an ihren Hand- und Fußgelenken sowie die kalte Steinplatte unter ihrem Rücken. Um sie herum waren schwarze brennende Kerzen in achtarmigen Lüstern platziert. Dazwischen standen Personen in blutroten Roben. Ihre Köpfe waren mit Kapuzen verhüllt.

„Was wollt ihr von mir? Lasst mich endlich gehen!", schrie sie mit panikerfüllter Stimme. Niemanden der Anwesenden störte ihr Hilferuf. Sie ignorierten ihn.

Der flackernde Lichtschein leuchtete das Gebäude ein wenig aus. Sie erkannte, dass es ein uraltes Mauerwerk war. Kreuzbögen an der Decke, ein umgedrehtes Kruzifix an der Stirnseite. Die Fenster waren überwiegend zerstört, Spinnweben sowie Efeu zogen sich über die Wände und ergaben ein unheimliches Muster. Am Boden vor dem Altar kniete eine junge nackte Frau, dahinter eine Gestalt mit einer silbernen Maske. Die kniende hatte keltische Muster auf ihrem Körper tätowiert. Kaum eine Stelle war ohne die Symbole, Zeichen und Ornamente. Die schwarzhaarige hatte kleine Hörnchen an der Stirn. Ihre Augen hatte sie geschlossen und die Hände zum Gebet gefaltet, so als hätte sie mit ihrem Leben abgeschlossen. Die halb zerfallene Eingangstür des Bauwerks öffnete sich mit grausam quietschenden und knarrenden Geräuschen. Eine Gestalt mit Hörnern kam herein. Schwefeliger Gestank kam näher.

„Möge die Show beginnen.", rief eine dunkle angsteinflößende Stimme.

Direkt vor dem nackten Mädchen blieb er stehen und beförderte sie mit einem Tritt gegen die Schulter zu Boden. Sie schlug hart auf.

„Du wirst die erste sein, Delia!", fauchte er. Das Mädchen hob den Kopf und sah den Gehörnten hasserfüllt an.

„Du kannst mich ruhig töten, Asmodeus. Aber dem Zorn und der Entschlossenheit meiner Freunde wirst du nicht entgehen. Sie werden dir schon zeigen, wo der Hammer hängt.", knurrte sie.

Der Fürst der Finsternis berührte ihre Stirn, die kurz aufleuchtete.

Dreckig lachend fuhr er fort, ohne auf ihre Bemerkung einzugehen.

„Deine Gefährten werde ich ebenfalls hierher bringen lassen. Wenn ich mit euch fertig bin werden deine Freunde so geschwächt sein ... Von ihnen wird es dann keine Gegenwehr mehr geben."

Die Frau auf dem Altar sah den Mann mit den Hörnern an und er drehte sich zu ihr. Seine Augen glühten rot. Er lächelte kalt und seine gelben spitzen Zähne kamen zum Vorschein. Mit Erschrecken stellte sie fest, dass es keine Maske war. Die Fratze war echt. Rauch quoll aus seinen Nasenlöchern. Er berührte sie mit seiner haarigen Pranke auf dem Bauch.

„Das brauchst du nicht mehr.", sagte er kalt und ließ das Baby in ihrem Leib verdorren. An seine Stelle trat etwas anderes.

„Ich gab dir soeben meinen Samen.", sagte er spöttisch und sah ihren verwirrten Blick.

„Du bist nur Mittel zum Zweck und hast es gleich hinter dir." Er lachte höhnisch.

Asmodeus drehte sich wieder um. Er gab den Kuttenträgern ein Zeichen und sie griffen die Arme Delias und zwangen sie in eine gebeugte Haltung. Ein Dritter kam mit einer goldenen Schale hinzu und stellte sich vor sie.

Der Frau auf dem Altar war der Blick versperrt. Sie sah nur eine ruckartige Bewegung der Gestalt mit der Maske. Sie hörte ein Plätschern und dann drehte sich die Kapuzengestalt mit der Schale um und ging ein paar Schritte zur Seite. Die tätowierte mit den Hörnchen hing schlaff in den Armen der anderen Männer in den dunkelroten Roben. Ihre Mähne war nach vorne gefallen und verdeckten ihr Gesicht. Dann ließen sie sie einfach fallen. Unter dem Haar lief etwas Schwarzes hervor und breitete sich immer mehr aus. Eine der Gestalten packte ihre Füße und schleifte den leblosen Körper davon. Er zog eine dunkle feuchte Spur hinter sich her. Der Schwangeren wurde klar, was passiert war. Sie wurde blass vor Entsetzen. Ein Flirren entstand und eine fahle Nebelwolke formte sich zu einer Figur. Ein durchsichtiges Wesen mit rotglühenden Augen sah den Höllenfürsten finster an.

„Nach mir werden andere kommen. Immer und immer wieder, bis du vernichtet bist. Das Spiel ist noch nicht vorbei!", flüsterte der Geist.

Die schwangere Frau erkannte das feinstoffliche Wesen wieder. Es war die Tote mit den Tattoos. Das Wesen löste sich auf und war fort.

„Wie niedlich ...", sagte Asmodeus gelangweilt.

„Und nun zu dir. Dies ist das Blut einer Dämonin. Trink es!", befahl er und hielt ihr die Schale mit der schwarzen Flüssigkeit an den Mund. Sie weigerte sich und presste die Lippen zusammen. Unbeeindruckt hielt er ihr die Nase zu und zwang sie dazu. Sie konnte sich nicht wehren und schluckte die bittere brennende Körperflüssigkeit. Sie ließ ihren Körper verkrampfen. Wie Säure wirkte es auf ihre Organe. Das schwarze Blut verteilte sich spürbar in ihr. Die Pein war unerträglich. Sie schaute auf ihren Bauch und sah, wie etwas mit ihrem Unterleib passierte. Er wuchs immens an. Die Frau schrie vor Schmerzen. Die Haut wurde dünner und strammer, dann platzte sie mit einem Knall auf und ihre Eingeweide flogen durch die Gegend. Flammen schlugen aus dem zerfetzten Bauch heraus. Sie sah noch, wie eine Frau mit Hörnern eines Widders aus ihrem Körper hervorkroch. Sie hatte langes rotes gelocktes Haar und rotglühende Augen. Es zerriss die gefesselte Frau völlig, dann war sie tot. Ihr Körper verbrannte langsam. Die Rothaarige richtete sich auf, sah an sich herunter und begutachtete ihren makellosen Körper. Sie reckte sich und sah sich um. Der gehörnte Mann vor ihr erregte ihre Aufmerksamkeit. Er hielt ihr eine rot pulsierende Kugel hin, die sich in Bewegung setzte und blitzartig über ihren Mund in ihr verschwand. Ihre Augen strahlten einen Augenblick grell wie eine Sonne, dann sackte sie nach vorn. Einen Moment später stand sie wieder aufrecht da.

„Hallo ... Vater.", sagte sie und verzog ihr Gesicht zu einem kalten Lächeln.

„Sei gegrüßt, mein Kind.", antwortete er.

„Willkommen zurück, Callista."

Komturei Tempeldorf, Itzehoe

Die Lagebesprechung war noch voll im Gange, als Lucius, Myrddin und Damona aus heiterem Himmel zusammenbrachen. Keiner von den Anwesenden hatte jemals so etwas bei den Magiern je gesehen. Es war ein Schock für alle. Naresa, die wie die beiden Männer aus Avalon nach der Eröffnung des Briefings erschienen, eilte zu Lucius und hob ihn an. Er war bewusstlos. Sie teleportierte sich mit ihm auf die Nebelinsel und übergab ihn der Obhut von Hathor, die seit einiger Zeit hier lebte. Das gleiche machte sie einen Moment später mit Myrddin, dann kehrte sie zurück in ihr neues Zuhause. Dort widmete sich Damona und schaffte sie in ihr Quartier. Die Dämonin wachte langsam auf. Sie sah die Dryade weinend an.

„Delia ist tot.", hauchte sie nur, zog sich die Decke über und drehte sich um. Naresa wusste, dass sie jetzt nichts bei ihr erreichen würde, und verließ leise das Zimmer. Vor der Tür lehnte sie sich an die Wand. Sie starrte an die Decke und Tränen rannen ihr übers Gesicht.

„Erst Vater, jetzt Delia. Was kommt als Nächstes?"

„Ich werde immer bei dir sein, kleine Nymphe.", erklang eine Stimme.

„Delia?"

„Nicht ganz. Nur das, was von mir übrig ist." Dann erschien der Geist der Dämonin.

Es schmerzte die Dryade sehr, Delia so zu sehen. Sie fühlte sich mit ihr sehr verbunden, fast wie mit einer Schwester.

„Trauern kannst du in deiner Freizeit.", sagte der Geist der Dämonin flapsig und grinste.

„Du musst dir etwas einfallen lassen die anderen aus der Hölle zu befreien, allen voran Luzifer. Er ist der Einzige, der noch helfen kann, das Schlimmste zu verhindern."

„Aber wie? Ich kenne doch nur die Wälder und Avalon."

„Finde die Kirchenruine, in der ich getötet wurde. Dort liegt ein Hinweis, der dir weiter helfen wird. Ich vertraue dir, kleine Nymphe.", hauchte Delia und löste sich auf.

Naresa hörte ein Geräusch und schaute nach links. Damona hatte sich unbemerkt angeschlichen.

„Ich bin dabei, falls du meine Hilfe möchtest.", sagte sie bibbernd. Die beiden Frauen fielen sich in die Arme. Sie wussten, dass vor ihnen ein steiniger gefährlicher Weg lag.

6. Reste sammeln ...

In der Hölle

Asmodeus rieb Luzifer seinen Triumph unter die Nase, indem er mit Callista im Fegefeuer erschien. Die beiden näherten sich dem Blutfelsen. Er zeigte auf die fünf Personen, die an dem riesigen Stein angekettet waren. Die Frauen hatten gebrochene Blicke und hingen sabbernd herunter. Wie schwachsinnige Marionetten, denen man die Fäden durchgeschnitten hatte. In sicherer Entfernung hing ein wabernder Behälter, indem es blau pulsierte. Asmodeus zeigte auf ihn.

„Das ist ein Seelengefängnis. In dem Gefäß sind die gefangen, die mir den meisten Ärger bereitet haben. Ariel sowie Yasmina und Sarah Drake."

Callista ging zu dem Blutfelsen und entdeckte eine blonde Frau mit keltischen Tätowierungen. Sie packte sie an den Haaren und zog ihren Kopf hoch. Ihre Augen waren geschlossen und Speichel lief unkontrolliert an ihrem Kinn herunter.

„Und was macht dieser ... Mensch hier?", fragte Asmodeus Tochter verachtend.

„Och, die hat der Annihilator mir als Bonus mitgebracht. Nur eine Frau ..."

Der Fürst der Finsternis ging um den Felsen herum und streckte seinen Arm aus.

„Und hier hängt ein ganz besonderes Exemplar.", sagte er.

„Mein Vorgänger, bevor ich Herrscher über all das hier wurde. Der, der mich lange Zeit knechtete. Nach meiner Niederlage gegen die Menschen kettete er mich dort drüben in der Zelle an die Wand. Er müsste dir noch bekannt sein." Asmodeus lächelte kalt und boxte der Gestalt in den Bauch. Die ausgemergelte und abgemagerte Kreatur stöhnte auf. Sie war ein bedauerlicher Anblick. Kaum Muskeln, kaum Fleisch. Nur noch Haut und Knochen. Der Fürst der Finsternis riss ihm die Kapuze vom Kopf. Er packte die Hörner am Kopf des Angeketteten und brach sie ihm ab. Achtlos ließ er sie vor dessen Füße fallen.

„Er ist auch derjenige, der deine finstere Seele die letzten 4200 Jahre gefangen hielt, dein Peiniger."

Callista erinnerte sich dunkel an diese Kreatur. Je länger sie diese bemitleidenswerte Gestalt betrachtete, umso mehr bekam sie so etwas wie Mitleid mit ihm. Die Schleier an die Erinnerungen der letzten Jahrtausende legten sich langsam. Sie sah in ihm keinen Feind. Lag es daran, dass er angekettet und nur noch ein Schatten seiner selbst war? Spielten ihre Sinne ihr einen Streich? Callista strich mit der Hand über die brüchig wirkende Haut, die pergamentartig die Knochen umspannte. Mit einem Fingernagel ritzte sie seine Wange auf. Blasses Licht trat hervor. Die tief in ihren Höhlen liegenden Augen öffneten sich, nur einen schmalen Spalt breit, aber ausreichend, um Asmodeus Tochter anzusehen. Mit trüben Blick sah er die Frau an. Es entzog sich ihren Erinnerungen warum, aber sie sah in ihm nichts Boshaftes ihr gegenüber. Sie war verwirrt und zog sich von ihm zurück. Sie wandte sich den Frauen zu. Obwohl die schwarzhaarige mit der blassen Haut sabbernd und gebrochen vor ihr hing, spürte sie, dass sie eine mächtige Erscheinung vor sich hatte. Sie berührte den dicken Bauch der schwangeren Frau und fühlte einen Tritt gegen ihre Hand. Das ungeborene Baby im Leib der gefesselten hatte eine starke Aura.

Diese Erkenntnis behielt sie jedoch für sich. Sie wandte sich wieder ihrem Vater zu.

„Lass uns gehen. Ich finde es langweilig hier.", sagte die Gehörnte mit dem roten Haar.

„Erfreust du dich gar nicht an meinem Triumph?", fragte er sie ungläubig.

„Später vielleicht. Jetzt möchte ich aber hier weg.", antwortete sie.

„Wie du willst, mein Kind." Der selbsternannte Herrscher der Hölle schritt voran. Callista folgte ihm und strich über den Seelenbehälter. Er fühlte sich warm an. Ein kaltes Lächeln umspielte ihre Lippen. Gemeinsam verließen sie diesen Teilbereich des Fegefeuers.

Avalon, die Nebelinsel

Lucius schlug die Augen auf und sah als erstes Hathors Gesicht. Die Reinkarnation der ägyptischen Göttin lächelte ihn an. Vor etwa zehn Jahren fuhr sie in den

Körper Samiras ein und teilte ihn sich seitdem mit dem Mädchen. Es war keine Übernahme, sondern eine Symbiose.[1] Wenn ihr Sarkophag mit ihrem eigenen Körper wieder auftauchen sollte, würde sie den des Mädchens wieder verlassen.

Mit einem nassen kalten Tuch tupfte sie Lucius Stirn ab. Er schaute sich um und sah, wie Mia, die weiße Hexe, dasselbe bei Myrddin durchführte.

„Was ist passiert?", fragte er. Er war desorientiert. Er hatte keine Ahnung, wo er sich befand.

„Ihr seid in Avalon. Sucellus Tochter brachte euch her." Der Magier schreckte hoch.

„Delia ...", entfuhr es ihm. Seine Erinnerungen klarten auf. Er spürte einen Stich im Herzen, bevor er hier wieder erwachte. Sein Blick schweifte zu Myrddin.

Er rührte sich nicht.

„Die anderen?"

Hathor legte ihre Hand auf seine Stirn. Eine wohltuende Wärme breitete sich aus und wie ein Film kamen seine Erinnerungen zurück. Er war mit seinem Meister und seinen Freunden im Speisesaal der Komturei. Ein alles zerreißender Schmerz zog durch sein Herz. Vor seinem geistigen Auge sah er wie der Annihilator Delia die Kehle durchschnitt und ihr Blut in einer Schale aufgefangen wurde. Asmodeus zwang eine schwangere Frau, es zu trinken. Sie schrie vor Schmerz. Einige Augenblicke später platzte ihr Körper auf und eine rothaarige gelockte Frau mit Hörnern stieg heraus. Dann verblassten die Bilder und er sah wieder das schummrige Licht in dem alten Gemäuer auf der Nebelinsel.

„Also hat Alenya uns doch verraten!", zischte er zornig.

„Nein! Hat sie nicht.", warf Mia ein und erzählte Lucius von ihren Erlebnissen in der Hölle und ihrer Rettung durch Luzifer.

„Das war Callista, die du gesehen hast, Asmodeus wahre Tochter. Sie ist nach über 4000 Jahren zurückgekehrt."

Der Magier schüttelte den Kopf.

„Wo soll das noch hinführen? Erst der Übertritt Lunas zur dunklen Seite, dann Sucellus Tod und jetzt Delia ..." Er vergrub das Gesicht in seinen Händen.

---

[1] „Königin der Wölfe - Das Grab im Wüstensand"

„Es kann nur schlimmer werden.", hörte er Myrddin sagen. Der war zwischenzeitig aufgewacht und saß jetzt auf dem provisorischen Bett. Er drehte sich zu Mia.

„Wie geht es dir, mein Kind?"

„Dank Hathors Hilfe hervorragend. Auch meine Kräfte sind zurück." Sie senkte den Kopf.

„Aber es war schrecklich Yasmina, Sarah, Ariel, Alenya und auch Luzifer dort so zu sehen. Angekettet an einen Felsen. Sabbernd, seelenlos ... gebrochen." Sie schwieg einen Moment.

„Lucius, Luzifer gab mir etwas, ein Zeichen."

Der Magier schaute sie an und überlegte, schüttelte den Kopf. Doch dann fiel es ihm siedend heiß ein. Er griff in seinen Mantel und zog das silberne Amulett heraus, welches Daria ihm gab. Er spürte die Gegenwart derer, die es in Händen hielten. Ein ihm unbekannter Mann, Delia, Alenya, Daria, Mia, Yasmina, Sarah und zu guter Letzt der Höllenfürst persönlich. Sie alle haben etwas von ihrer Lebensenergie in dem Schmuckstück zurückgelassen. Er spürte sie, aber sie war verkapselt mit einem Schutzzauber. Er konnte sich darauf keinen Reim machen, aber hatte eine Vermutung. Nun auch durch Lucius selbst. Ein Funken seiner Kraft wurde von dem Schmuckstück aufgesogen und verschwand ebenfalls in der *Kapsel*. Er überreichte Myrddin den magischen Drudenfuß mit dem Widderkopf in seinem inneren.

„Er sagte, du wüsstest, was zu tun ist, wenn du es in deinen Händen hältst."

Der alte Magier nahm das Amulett entgegen. Blitze zuckten zwischen dem Schmuckstück und seiner Hand hin und her. Myrddin umklammerte es und plötzlich kam ein Wind im Raum auf. Seine Haare flatterten und ein blasses Leuchten ging von ihm aus. Er öffnete die Hand und das Amulett schwebte aus ihr empor. Es sauste gegen die Decke und ein glitzernder Funkenregen entstand der sich verteilte und dann zu Boden rieselte. Das goldene Schmuckstück selbst sank in Myrddins Hand zurück. Die glitzernden Stücke am Boden erzeugten einen kleinen Wirbel und formten eine Gestalt. Sie kauerte am Boden und hob den Kopf. Es war eine Frau mit langem rotblonden Haar, die sich aufrichtete und sich erhob. Nackt stand sie in dem Wirbel, der jetzt nur noch ihre Füße umschlang. Sie war schlank mit grünen Augen, mittelgroßen festen Brüsten und ihre Haare reichten über ihren straffen Po hinweg. Sie sah an sich herunter und stellte fest, dass sie nichts an hatte. Sie rollte mit den Augen und seufzte.

„Wenn ich so bei euren Templerfreunden auftauche, ist es vorbei mit deren Keuschheit."

„Lilith ...", murmelte Myrddin. Er sah die Frau an, als hätte er einen Geist gesehen.

„Ja ... richtig. Und nun erhebe dich, dein Vater braucht dich.", sagte sie. Mia hatte der Frau unterdessen ein Kleid aus ihrem Fundus herausgesucht und reichte es ihr. Sie nickte dankend.

„Lilith ...", hauchte der Magier erneut.

„Jahaa, genau wie vor fünf Minuten auch schon. Und nun erhebe dich, mein Sprachloser. Wir haben nicht viel Zeit."

Mia sah Myrddin an.

„Ist alles in Ordnung, Meister?"

„Das ist ... Lilith ...", stammelte er.

„Das wissen wir jetzt auch, alter Freund.", seufzte Lucius und half seinem Freund und Mentor auf die Beine. Schlagartig fiel die Fassungslosigkeit von dem alten Magier ab und er war wieder fit.

„Äh ... ja. Wo kommst du jetzt her und warum bist du hier?", fragte er die Frau.

„Wenn wir schon dabei sind, bist du die biblische Lilith?", warf Mia ein.

„Ich hätte gerne gesagt, *durch die Tür*, aber es war ja eindeutig anders. Asmodeus hielt mich jahrtausendelang gefangen und dein Vater versteckte mich zu meinem Schutz in diesem Amulett." Sie sah die Hexe an.

„Und um deine Frage zu beantworten: Das Biblische ist eine Erfindung von sogenannten Gelehrten, deren Schwachsinn die Kirche direkt übernahm. Ich kenne weder diesen Adam, noch Eva und hatte auch nie etwas mit ihm und eine Schlange bin ich auch nicht. War ich auch nie. Ich habe zwar einigen ... sagen wir Unfug angestellt, aber meistens war ich brav.", antwortete sie auf Mias Frage und grinste frech. Die Hexe deutete wortlos auf den Drudenfuß-Anhänger.

„Ach so, ja ... Luzifer befreite mich aus meinem Gefängnis in Asmodeus Reich und beförderte mich in das Teil. War angenehmer als in der heißen Kammer. Er muss geahnt haben, dass sein Höllenprinz etwas plant. So traf er seine Vorkehrungen." Lilith sah Myrddin an.

„Deine Freunde müssen sehr bedeutend sein, dass er sie um Hilfe bittet und ihnen vertraut."

Hathor schaute die rotblonde Frau an.

„... und ich dachte, du wärst nur ein Mythos."

„Wenn du Jahrtausende weggesperrt wirst ..."

Sie holte tief Luft.

„... dann erinnert sich an dich auch keiner mehr. Aber wenn ich mit dem gehörnten Psychopathen fertig bin, werde ich weiterziehen und mir irgendwo ein schönes Leben machen. Ich habe viel aufzuholen."

Myrddin spürte, dass die einst so mächtige Lilith des ewigen Lebens überdrüssig war.

„Nun zum eigentlichen Problem. Meine kleine Schwester ist auch in Asmodeus Gewalt und uns rennt die Zeit davon. Er will Azrael, Baphomet und Belial erwecken. Seine Tochter Callista hat er schon zurückgeholt."

„Letzteres wissen wir schon.", äußerte sich Lucius.

„Hm ... auch das eure Yasmina, Sarah und Ariel für die Erweckung der drei Erzdämonen geopfert werden sollen?"

Die Komturei in Itzehoe.

In der Festung herrschte volle Aufregung. Eine der Wachen hatte am Himmel einen Kometen entdeckt, der plötzlich seine Laufbahn geändert hatte und direkt auf das Bollwerk zuraste. Anya und Daria eilten auf den Ostturm. Die Feuerkugel raste ungebremst mit hoher Geschwindigkeit auf das Zentrum der Befestigungsanlage zu.

„Das sieht nicht gut aus.", murmelte die Hexe. Die Kugel kam immer dichter und der Gargoyle schaute verwirrt zu Anya runter.

„Äh ... hast du schon mal was davon gehört, dass Kometen schreien?"

Jetzt hörte die Hexe es auch. Eine Stimme, die in Panik kreischte. Im Innenhof machte sich eine Heidenangst breit.

Dann schlug die Kugel auf, zog eine Spur verbrannter Erde hinter sich her, hüpfte einmal und durchschlug die Wand zu den unteren Gewölben. Ein lauter Knall, umherfliegende Steine und Staub, dann herrschte Stille.

Die Hexe und der Gargoyle auf dem Turm sahen sich an und Daria packte Anya. Sie hob ab und ließ sich nach unten gleiten. Sie wollten gerade in die in die tiefer gelegenen Gewölbe vordringen, da hörten sie eine fluchende hustende und motzende Frauenstimme.

„Verdammter Mist!"

Ein großer Steinbrocken flog wie ein Geschoss polternd davon.

„Auaaaaa!"

Der Staub legte sich.

„So eine verdammte Scheiße, wer hat hier die verfluchten Steine hingelegt?! Den Typen knöpfe ich mir vor, wenn ich ihn erwische! Wie man landet, hat der Idiot mir natürlich nicht erzählt.", motzte die Stimme.

Anya musste lachen. Sie hatte die Frauenstimme erkannt.

„Ja Alenya, wir haben dich auch vermisst.", rief sie kichernd. Die von grauem Staub überzogene Blondine stapfte auf die Hexe zu und umarmte sie.

„Endlich wieder unter normalen Menschen.", seufzte sie. Daria erhob sich auf zwei Meter Höhe und flatterte mit den Flügeln. Nach ein paar Schlägen waren die beiden Frauen vom Staub weitgehend befreit.

„Danke.", murmelte Alenya.

„Wo sind die anderen? Ich habe wichtige Neuigkeiten."

Sie war verletzt und geschwächt. Ihre Heilkräfte erfüllten nicht mehr ihre Aufgabe. Der bereits blutdurchtränkte Lappen konnte trotz festen Druck auf die tiefe Wunde die Blutung nicht stoppen. Sie wurde zunehmend schwächer. Inmitten einer Fußgängerzone brach sie zusammen. Die Passanten schauten sie nur an. Sie gafften, statt zu helfen. Die junge Frau hatte nicht einmal mehr die Kraft wütend zu sein. Sie wusste nicht, wo sie war, denn die letzten beiden Sprünge brachten sie nicht an ihr Ziel. Sie wurde schlapp kraftlos und ihre Sicht verschwamm immer mehr. Ein Hüne, bekleidet mit einem schwarzen Anzug und einer Sonnenbrille stand plötzlich über ihr.

„Habe ich dich endlich!", sagte er leise. Die schiere Angst erfasste sie. Der Mann beugte sich herunter und griff nach ihr. Sie wollte fliehen, aber für einen weiteren Sprung war sie bereits zu ausgelaugt und wurde bewusstlos.

Es herrschte eine himmlische Ruhe in dem Wald. Kein Straßenlärm, keine Menschen, nur die Geräusche der Natur. Vögel zwitscherten, flogen zwischen den Bäumen umher und beobachteten die beiden Frauen, die leise durch das Gehölz schlichen. Sie hatten schwarze Haare, eine von ihnen eine weiße Strähne. Die eine trug eine Lederjacke mit Nieten, ein T-Shirt mit einem Aufdruck der niederländischen Metal-Band Epica und eine an den Seiten geschnürte Lederhose. Die andere eine blaue Jeans-Hose, ein Holzfällerhemd und darüber eine dunkelblaue Outdoor-Weste. Die Tiere des Waldes hatten vor ihnen keine Angst. Ein Reh kam auf die Frau mit dem dicken Hemd zu und ließ sich streicheln. Bei der Berührung des Tieres verfärbte sich ihre Haut blassgrün.

„Naresa, bist du dir sicher, dass wir hier richtig sind?", fragte die andere.

„Ja. Ich rieche Spuren, die hier nicht hingehören. Eine von ihnen passt zu Delia."

Naresa dachte nach und ging weiter. Sie folgte der Geruchsspur. Sie wurde intensiver. Dann sah sie eine Ruine. Das Mauerwerk schimmerte durch das Grün der Bäume.

„Damona, sieh mal.", sagte die Dryade, zeigte auf das alte Gebäude und verwandelte sich dabei in ihre ursprüngliche Gestalt. Sie setzte ihren Weg fort und ging durch die Mauer, als würde sie nicht existieren.

Die Dämonin hingegen untersuchte das Gelände um die alte Kirche herum. Kurz bevor sie das Eingangsportal erreichte, sah sie Beine, die teilweise unter einem Gebüsch hervorragten. Ein kalter Schauer lief ihr über den Rücken. An den Waden sah Damona Tattoos, die sie wieder erkannte. Es waren dieselben, wie sie die auch hatte. Sie hatte die Leiche ihres irdischen Zwillings gefunden.

Naresa sah sich unterdessen in der Ruine um und fand auf dem Altar die verbrannten Überreste einer Frau. Ihr Gesicht war noch grob als solches zu erkennen. Der Rest war den Flammen zum Opfer gefallen. Die Dryade berührte zaghaft die verkohlten Knochen und erlebte vor ihrem inneren Auge die letzten Minuten der Frau. Über dem entweihten Gottestisch hing ein auf dem Kopf stehendes riesiges Kruzifix.

„Naresa!", hörte sie den bestürzten Schrei ihrer Freundin. Sie eilte zu ihr und blieb entsetzt neben ihr stehen. Die beiden Frauen sahen sich an und beugten sich runter, dann zogen sie die Leiche vorsichtig an den Füßen unter dem Busch hervor. Delias Augen waren geschlossen. Ihr Gesicht war verschmiert mit schwarzem Blut und hatte Schürfwunden. Der Hals war eine einzige klaffende Wunde, die von einer Seite zur anderen reichte. Sie war so tief, dass sie die Halswirbelknochen sehen konnten. Ein grauenvoller Anblick. Doch plötzlich verfärbte sich das Blut rot und zerfiel zu Staub. Einen Augenblick später begann der Körper sich im Zeitraffer zu zersetzen und es blieb ein Skelett mit etwas verwestem Gewebe zurück. Etwas glänzendes mit dunklen Flecken lugte aus dem mit Hautfragmenten überzogenen Brustkorb hervor. Naresa griff widerwillig hinein und zog es heraus. Sie sah Damona ungläubig an. Es war ein silberner Dolch mit gewellter Klinge. Er war reich mit Symbolen aus den verschiedensten Mythologien und Religionen verziert. Der Griff, der mit schwarzem Leder umwickelt war, strahlte Wärme aus.

„Was ist das?", krächzte die Dämonin ihre Frage. Die Dryade erkannte den Gegenstand sofort.

„Damit kämpfte Mayas Vater gegen die Dämonen in Oker. Das ist Caldors Dolch."

Komturei Tempeldorf, Itzehoe

Ein Templer begleitete Alenya zu ihrem Zimmer. Dort überreichte er ihr saubere Handtücher und einen Bademantel.

„Wenn du noch etwas brauchen solltest, ich warte vor deinem Quartier.", sagte er und verneigte sich.

„Danke, Bruder Karsten.", erwiderte sie lächelnd. Der junge Mann zog sich zurück und schloss die Tür.

Alenya mochte ihn und Bruder Frank. Sie waren ihr gegenüber ehrlich und machten kein Geheimnis daraus dass sie ihr misstrauten, behandelten sie aber dennoch fair, freundlich und mit Respekt. Dieses schätzte sie sehr an ihnen. Aber sie war sich sicher, es würde der Tag kommen, an dem sie ihnen ihre Loyalität beweisen konnte. Sie zog sich aus und verschwand unter dem in ihrem Quartier eingebauten Bad.

Das Duschen tat ihr gut. Es war erfrischend und belebte ihre Haut. Sie verließ die Nasszelle und wickelte sich das große Badelaken um. Um ihre Haare schlug sie sich ein Handtuch. Sie wischte den Beschlag vom Spiegel und schaute hinein. Da entdeckte sie eine kaum zu sehende Narbe über der Triskele, die auf ihrer linken Brust tätowiert war.

Sie wurde erst durch das heiße Duschen sichtbar. Als sie die Stelle berührte, fühlte sie einen stechenden Schmerz. Er saß tief, vermutlich nahe am Herzen, denn ihre Atmung wurde kurz. Ihr wurde schwindelig. Sie stöhnte und sie verlor den Boden unter den Füßen. Sie schwankte, schlug mit der Schläfe gegen die spitze Ecke des Regals unterhalb des Spiegels, räumte es beim Versuch sich festzuhalten ab und sank bewusstlos auf die kalten Kacheln des Fußbodens.

Ein Krachen und Poltern so wie das Geräusch von brechendem Glas ließ Bruder Karsten aufhorchen. Es kam aus Alenyas Quartier. Danach herrschte Stille. Er öffnete die Tür und sah in das Zimmer. Das Bad war verschlossen.

„Hallo? Ist mit dir alles okay?", rief er hinein. Zwei weitere Male rief er nach ihr, bekam aber keine Antwort. Er betrat das Quartier und zog seine Pistole. Leise schlich er zur Badtür und klopfte an.

„Alenya? Ist alles in Ordnung?" Auch diesmal antwortete die Frau nicht. Er öffnete die Tür und sah die Blondine auf dem Boden liegen. Das Duschlaken war verrutscht und sie lag mit nacktem Oberkörper da. Unter ihrem Kopf wurde eine Blutlache größer und ihre Haut war unnatürlich blass. Er fühlte nach ihrem Puls. Nur noch schwach pulsierte er, kaum vorhanden. Dann bemerkte er ein paar kleine Narben an ihrem Körper, die noch recht frisch waren. Er eilte auf den Flur und brüllte mehrfach um Hilfe, dann rannte er zu der Frau zurück, nahm ein Handtuch aus dem Regal neben der Tür, hob Alenyas Oberkörper an und entdeckte die tiefe Wunde an der Schläfe. Blut lief unaufhörlich mit jedem der schwachen Herzschläge heraus. Er drückte das Tuch auf die Wunde und brüllte erneut um Hilfe. Nach einer gefühlten Ewigkeit kamen Anya und Caldor in Begleitung zweier Templer in dem Quartier an.

„Was ist passiert?", fragte die junge Hexe, ging in die Knie und stützte Alenyas Kopf. Dass Karsten verzweifelt war und sich Sorgen um die junge Keltin machte, entging ihr nicht.

„Sprich mit mir, Karsten!", forderte Anya ihn auf. Er war völlig durcheinander. Die Hexe merkte, dass es nicht nur Sorge um die am Boden liegende Frau war. Da war eindeutig mehr.

Caldor griff ein und legte seine Hände an die Schläfen der Keltin. Seine Hände leuchteten und er schloss seine Augen.

„Seht mal!", stöhnte Karsten. Fünf kleine Narben platzten auf und Eisennägel wurden von innen nach draußen gedrückt. Anschließend verheilte die Haut und nichts war mehr zu sehen. Einige Minuten später öffnete Alenya ihre Augen. Ihre Haut hatte ihre gesunde Blässe zurück und die Atmung sowie der Herzschlag hatten sich normalisiert. Anya hob die Nägel auf und ließ sie mit einem schmerzerfüllten Aufschrei sofort wieder fallen. Sie sah ihre Hand an und erblickte offene Brandwunden. Sie sah den silbernen Hünen an.

„Doktor Caldor, übernehmen sie.", sagte sie verkrampft lächelnd. Er nahm ihre Hand und heilte sie.

„Was sind das für Dinger?", fragte Karsten.

„Mittelalterliche Instrumente zum Blockieren von Hexenkräften und zum Bannen dämonischer Kräfte.", murmelte der Ex-Dämon verächtlich.

Alenya erholte sich schnell wieder. Sie sah Karsten an und küsste ihn auf den Mund. Auch Caldor bekam ein Küsschen auf die Wange, denn ohne die beiden hätte sie den Unfall nicht überlebt.

„Danke.", hauchte sie ihnen zu, erhob sich und zog sich an. Mit jeder Minute, die verging, kamen ihre Kräfte nach und nach zurück. Sie verließ mit Anya das Zimmer, um zum Speisesaal hinunter zu gehen.

Caldor und Bruder Karsten folgten ihnen.

„Ich bin zwar immer noch im Zwiespalt, was Alenya anbelangt, aber der Dankeskuss wirkte ehrlich auf mich.", murmelte der Templer. Der Ex-Dämon klopfte ihm auf die Schulter.

„Ohne dich wäre sie verblutet. Du hast ihr das Leben gerettet. Und dass du sie magst ist uns allen schon lange aufgefallen.", sagte der Hüne grinsend. Er knuffte dem Ritter in die Seite.

„Wann läuten denn die Hochzeitsglocken?", fragte er schelmisch.

„Ist das denn so offensichtlich?" Karsten wurde rot.

„Alter, deine Hormone kann man tanzen sehen. Und wer weiß ... zumindest das Mögen beruht sich bei euch definitiv auf Gegenseitigkeit." Den Rest des Weges schwiegen die Männer. Bruder Karstens Gedanken drehten sich nur noch um die Keltin.

Jonas Drake stand in der Kapelle an die Wand gelehnt. Ihm gegenüber, sich in aufrechter Haltung befindend, der Geist seines Urahnen, der Hexenhenker Cedric Drake. Er sah den Polizisten an.

„Du musst verstehen, ich wollte und will dich nicht dauerhaft übernehmen. Ich wollte vorhin nur verhindern, dass du etwas Unbedachtes tust oder im falschen Moment versagst." Er schwieg einen Augenblick.

„Ich weiß ja wie nahe dir alles geht, aber du brauchst einen kühlen Kopf. Du hilfst niemanden damit, wenn du im falschen Moment die Kontrolle verlierst. Also finde dich damit ab, dass ich dich jederzeit wieder übernehmen werde, wenn es erneut dazu kommt."

Jonas war das Thema unangenehm und lenkte das Gespräch in eine andere Richtung.

„Wie war das damals mit Celine de Bretagne, als sie dich ... tötete. Das war doch so'n Fluchdingens, oder?"

„Sie hatte mich nicht getötet, sondern erlöst. Sie wäre damals fast daran zerbrochen. Der auferlegte Fluch von *Mors Angelus* ließ mich leiden. Körperlicher Schmerz und das bei Unsterblichkeit ... es war die Hölle. Somit bat ich sie darum mich zu erlösen."

„Seid ihr euch seitdem nochmal begegnet?"

„Ja, sogar regelmäßig. Und es gibt sogar einen Ort, an dem wir uns als Wesen aus Fleisch und Blut gegenüber stehen können."

„Lass mich raten: Avalon?"

„Ja. Nur dort ist es uns vergönnt als Paar wie einst, Zeit miteinander zu verbringen. Aber woher weißt du von Avalon?"

„Ich war schon mit meiner Frau und meiner Tochter dort. Außerdem leben da Freunde von uns."

„Da kommen wir zu einem wichtigen Punkt."

Jonas sah ihn erstaunt an. Es erweckte seine Neugier und er hatte viele Fragen, hoffte aber darauf, dass sein Urahn von alleine mit Antworten rausrückte.

„Wie ... wichtig?"

„Die andere Seite hat etwas ausgebrütet. Das Verschwinden deiner Liebsten und Freundinnen hängt damit zusammen." Jonas sah nachdenklich zu Boden.

„Das habe ich befürchtet. Und was genau?"

„Es muss schon schlimm sein, wenn der Höllenfürst persönlich um eure Hilfe bittet, mehr kann ich dir dazu nicht sagen." Cedric schwieg einen Moment.

„Geh zu den anderen, sie warten schon auf dich.", sagte er und verschwand. Jonas nickte.

„Geister ... auftauchen und verschwinden wann es ihnen beliebt.", brummelte er, steckte die Hände in die Hosentaschen, seufzte und ging nachdenklich zum Speisesaal.

7. DER SCHLÄCHTER

Man nannte ihn den Schlächter von Paris. Im 17. Jahrhundert trieb er während des 30-jährigen Krieges sein Unwesen. Wenn er nicht gerade für Hinrichtungen im Namen des Königs oder des Kardinals beauftragt und bezahlt wurde, tötete er aus Vergnügen. Aber das reichte ihm nicht. Er folterte seine Opfer grausam, bevor er ihnen das Leben nahm. Niemand konnte ihn dafür belangen, da er unter dem persönlichen Schutz des Königs und des Kardinals stand. Doch eines Tages fiel er dem wütenden Mob in die Hände und der machte kurzen Prozess mit ihm. Jeder kannte und hasste ihn. Viele verloren durch ihn und seine Gefährten Angehörige und Freunde. Sie zerrten ihn aus seiner Kutsche, schlugen, traten und peitschten ihn. Sie brachen ihm sämtliche Knochen. Er sollte am eigenen Leib spüren, was er seinen unschuldigen Opfern angetan hatte. Er verfluchte alle die an dieser Tat beteiligt waren und auch deren Nachfahren. Sie schnitten ihm die Zunge raus, weil sie seine überbordende Rede nicht weiter hören wollten. Im Anschluss verbannten sie ihn bei lebendigem Leibe. Lange fieberte er seiner Rückkehr entgegen. Jetzt, 400 Jahre später war es so weit.

Asmodeus sah auf den verbrannten Körper, der sich langsam regenerierte. Kniend und sich verbeugend wartete der Schlächter darauf, dass der Fürst der Finsternis ihn aufforderte, sich zu erheben.

„Nun, Francois De Lombard, du hast mir damals gute Dienste erwiesen. Nun ist die Zeit gekommen, dass du dein Werk fortführen kannst.", sprach Asmodeus. De Lombard stützte seine linke Hand auf den Griff seines Rapiers. Der Fürst der Finsternis forderte ihn auf, sich zu erheben.

„Ich habe einen besonderen Auftrag für dich. Versammel deine alten Gefährten um dich und vernichte die Freunde von Jonas Drake, jeden einzelnen von Ihnen!", befahl er. Francois nahm seinen Hut mit der breiten Krempe und dem weißen Federbusch ab und verneigte sich.

„Wie Ihr wünscht, mein Gebieter.", erwiderte er respektvoll. Sein schwarzer Umhang blähte sich auf, als er den Thronsaal verließ.

„Und du, mein Annihilator wirst ihn unterstützen.", murmelte er der Gestalt zugewandt, die hinter dem Thron hervortrat und sich verneigte.

„Jawohl mein Lord.", gab der Untergebene mit der silbernen Maske kurz und knapp zurück und folgte dem Schlächter.

Komturei Tempeldorf, Itzehoe

Nachdem Alenya von ihrer Flucht berichtet hatte und wo Yasmina, Sarah und Ariel waren, ging ein großes Raunen durch den Speisesaal.

Jonas hatte gespannt den Ausführungen der Keltin gelauscht. Er stupste Yakup an, der neben ihm saß.

„Weiß Nick von all dem hier? Also, dass Ariel dort ist?"

„Du weißt es noch nicht?"

„Was soll ich wissen? Wo ist er überhaupt? Sein Auto steht doch vorm Wirtschaftsgebäude. Er muss doch hier irgendwo sein."

„Er ... ist nicht mehr unter uns."

„Was?", fragte Jonas erschrocken und wurde blass. Yakup bemerkte seinen Fehler.

„Sorry, ich habe mich wohl etwas doof ausgedrückt, aber vom Prinzip her ist es wirklich so. Nick wurde von dem Annihilator angegriffen und mit einem Dämonengift infiziert. Bevor er sich in eine Bestie verwandeln konnte haben Anya und Damona als Katalysator fungiert."

„Als Katalysator? Wofür?"

„Damit Kathi den Keim nicht in sich aufnimmt."

„Nun rede doch endlich mal Klartext! Aus deinem Geschwafel wird ja keiner schlau."

„Er ... er ist nun ein weißer Vampir und wird von Kathi und Vanessa ausgebildet."

„Oh ..." Das war harter Tobak, den Jonas erstmal verarbeiten musste. Einer seiner besten Freunde ein Vampir.

„Aber du brauchst dir keine Sorgen machen, Kumpel. Er hat die Transformation gut überstanden."

„Gott sei Dank. Auch wenn mir der Gedanke daran überhaupt nicht gefällt.", murmelte er.

„Darf ich mal um Ruhe bitten?", rief Pierre in den Saal und das hektische Unterhalten verstummte.

„Es ist Caldor gelungen, Yasminas Begleiterin zu finden und herzubringen. Es steht nicht gut um sie, aber wir hoffen, eine Möglichkeit zu finden, sie wieder fit zu bekommen."

„Eisennägel ...", flüsterte Alenya. Sie stand auf und fragte in die Runde.

„Habt ihr sie nach Eisennägeln untersucht? Delia, Yasmina und ich hatten welche in uns. Ihr müsst das schnell überprüfen, bevor es zu spät ist."

Anya sprang auf und stellte sich auf das Podest.

„Alenya, du kommst mit. Jonas, Yakup, ihr sucht nach einem Magneten und dann kommt ihr umgehend in das Zimmer der Frau."

„Ich treffe alle Vorbereitungen.", warf Yelena ein und verließ mit Caldor den Saal.

„Bevor ihr hier alle türmt, wie bist du eigentlich vollständig hier erschienen?", fragte Jonas skeptisch. Alenya sah ihn an.

„Unsere Seelen waren in einem magischen Behälter in Sichtweite unserer Körper gefangen. Callista berührte ihn und er öffnete sich. Keine Ahnung, ob es mit Absicht war oder nicht. Jedenfalls hat Luzifer mich hierher katapultiert, bevor jemand etwas bemerken konnte. Und um deine nächste Frage zu beantworten: Ich weiß nicht, ob die anderen es auch geschafft haben. Aber ... eher unwahrscheinlich, denn sie waren schon sehr geschwächt. Ohne ihre Kräfte und Seelen waren sie nur ... menschliche Hüllen." Mit diesen Worten schloss sie sich der Hexe an und suchte das Quartier des Gastes auf.

Yelena Svedberg war schon vor den anderen im Zimmer des Gastes. Ein Templer hatte sie dorthin gebracht und stand nun als Wache vor der Tür.

Die Schwedin sah das Mädchen im Kerzenschein auf dem Bett liegen. Sie erschrak.

„Solveig ...", flüsterte sie. Sie fasste ihr mit der flachen Hand auf die Stirn. Kalter Schweiß lief herunter, die Haare waren triefend nass und ihre Haut glühte förmlich. Im Fieberwahn murmelte sie unverständlich vor sich hin. Yelena schüttelte die zerwühlte Decke auf und deckte die junge Frau bis zum Hals damit zu. Sie legte ihren Kopf auf ihre Brust und sie hörte, dass das Herz des Mädchens wie ein Kompressor hämmerte. Sie ruckte herum und brüllte, so laut sie konnte.

„Verdammt noch mal, beeilt euch! Sie stirbt!" Der Templer riss die Tür auf und rannte in die Dusche. Yelena hörte den Wasserhahn. Dann kam der Mann mit einer Schüssel kaltem Wasser und Handtüchern zurück. Er riss die Decke weg und legte dem Mädchen kalte Wadenwickel an. Die Polizistin nahm eines der Tücher, tränkte es und tupfte der Schamanin die Stirn damit ab.

Caldor erreichte als Erster das Zimmer. Er schob den Templer und Yelena bei Seite. Seine Hand leuchtete als sie nur wenige Zentimeter über den Körper des Mädchens strich. An unzähligen Stellen wölbte sich Solveigs Haut und er war erschüttert.

„Oh man. Da muss aber jemand enorme Angst vor ihr haben. Ich fühle mehr als 30 von den Dingern." Die Halbindianerin stöhnte auf und schrie vor Schmerz.

„Was ist denn da los? Braucht ihr eine Extraeinladung oder was?", schrie er so laut, dass man ihn sogar außerhalb der Festung hören konnte. Dann trafen Anya, Alenya, Jonas und Yakup auch endlich ein. Die Hexe und die Keltin fingen sofort an die Eisennägel mit ihren magischen Kräften so schonend wie nur irgend möglich aus dem Körper der jungen Krankenschwester zu holen. Nach zwanzig Minuten hatten sie es geschafft. Erschöpft brachen die beiden Frauen zusammen. Sie rangen nach Luft.

„Nachdem ihr so erfolgreich getrödelt und nur hier herum gestanden habt, dürft ihr uns jetzt mal ein Fass frischen Kaffee organisieren.", knurrte Anya und sah die beiden Polizisten gereizt an. Sie machten auf dem Absatz kehrt und gingen Richtung Speisesaal.

„Wie hält John das mit der kleinen Kampfbazille nur aus?", fragte Yakup leise.

„Im Gegensatz zu seinen Ex-Weibern ist sie eine Klosterschülerin, glaub mir. Er ist halt hart im Nehmen.", erwiderte Jonas.

„Das habe ich gehört!", rief die Hexe ihnen hinterher. Die beiden Polizisten sahen sich an.

„Jetzt aber nichts wie weg, bevor es noch romantischer wird." Yakup nickte bestätigend und folgte hastig seinem Freund die Treppe des Turms hinunter.

Das Fieber sank im Laufe der nächsten zwei Stunden rapide und Solveig erreichte eine gesunde Körpertemperatur. Sie erwachte und wollte sich aufrichten, aber ein Stechen im Bauch ließ sie aufschreien.

„Bleib liegen.", sagte Yelena und drückte sie sanft wieder zurück.

„Die Bauchwunde ist noch nicht verheilt. Das dauert noch ein paar Stunden. Caldor hat alles gegeben, aber dein Körper ist zu sehr geschwächt.", sprach sie weiter.

„Wo bin ich hier eigentlich?", fragte Solveig und sah sich um.

„Unter Freunden. Aber nun musst du schlafen, damit du wieder zu Kräften kommst."

„Ach was, ich bin ... fit ... ge ..." Weiter kam sie nicht und schlief wieder ein. Yelena lächelte und deckte das Mädchen zu. Sie sah zu dem Templer, der in der Tür stand.

„Ich bleibe bei ihr.", sagte sie. Der Ordensritter nickte und verließ das Quartier.

Die Kerzen in der alten Kirchenruine flammten auf und zauberten ein bizarres Lichtspiel an die Wände. In der Mitte des Kirchenschiffs entstand eine durchsichtige Gestalt, die sich zunehmend verfestigte. Ein langer Kapuzenmantel umhüllte sie und eine blasse Frauenhand mit roten Fingernägeln streckte sich nach dem riesigen halb verbrannten Kruzifix. Ächzende und knarrende Geräusche begleiteten den unheimlichen Vorgang, in dem sich das heilige Symbol in seine ursprüngliche Position drehte. Ein Lichtstrahl schoss aus der Hand hervor und hüllte das Kreuz mit der Heilandsfigur in dämmriges schimmern. Die Brandspuren verschwanden und das Kruzifix erstrahlte, als wäre es soeben erschaffen worden. Dann ging die Gestalt ein paar Schritte voran.

Durch die Geräusche und das Licht angelockt, wie die Motten in der Dunkelheit, betraten Naresa und Damona die Ruine und beobachteten unbemerkt das Schauspiel. Lautlos schritten zwei weitere Gestalten, die der am Altar stehenden glich, an den beiden Frauen vorbei. Sie erschraken, wurden aber nicht von den Wesen beachtet. Die Waldnymphe und die Dämonin sahen sich ungläubig an.

„Was machen die da?", flüsterte die Dryade. Damona zuckte mit den Schultern.

„Keine Ahnung, aber wären sie eine Gefahr, würden wir es erkennen und spüren."

Die dunklen Gestalten positionierten sich neben der ersten und unterstützten sie bei ihrem Vorhaben. Nachdem das Kruzifix in neuem Glanz erstrahlte, setzte sich dieses Phänomen in der gesamten Ruine fort. Das Mauerwerk wurde wie von Geisterhand neu errichtet. Schicht um Schicht erneuerte sich das uralte Gebäude. Der Staub, das Efeu, die Spinnenweben, alles löste sich auf und zum Schluss bildete sich das Dach neu. Für einen Moment erstrahlte es in der Kirche, als wäre die Sonne zu Gast an diesem wieder heiligen Ort.

Dann berührte die erste Gestalt die verbrannte Leiche.

„Zu jung zum Sterben und zu wichtig seid ihr. Deine Aufgabe ist noch nicht erfüllt. Erfülle deine Bestimmung und bring das Kind zu seinem künftigen Meister.", flüsterte sie. Die zwei anderen Wesen traten zwei Schritte vor und berührten ebenfalls die Tote. Rauch stieg auf, Glut entstand und für einen kurzen Moment züngelten Flammen um den verkohlten Leichnam. Der Körper veränderte sich. Die Knochen wurden bleich, Muskeln, Sehnen, Adern und Gewebe bildeten sich neu, überzogen sich mit Haut, bis eine schwangere dunkelblonde Frau auf dem Altar lag.

Zwei blaue Lichtkugeln schossen durch die Eingangstür über Naresa und Damona hinweg und drangen durch den Mund in den Körper ein.

„Man! Was ein Verkehr hier!", murmelte Naresa. Die Frau schlug die Augen auf und atmete tief ein.

„Oh mein Gott, was ein schrecklicher Albtraum.", seufzte sie. Sie sah zur Seite und erblickte die drei Gestalten mit den rotglühenden Augen. Gesichter konnte sie nicht erkennen, nur erahnen.

„... oder ... doch nicht?", fragte sie krächzend. Die Angst schwang in ihrer Stimme mit.

Eine blasse Frauenhand berührte die ihre. Eine Zweite und eine Dritte legten sich darauf. Wie aus einem Mund sprachen die Wesen.

„Nun begebe dich an den Ort deiner Bestimmung, Franziska. Dieser Ring wird dich schützen vor den Mächten der Finsternis."

Daraufhin vereinigten sich die drei Gestalten zu einer. Sie zog einen silbernen Ring mit einem großen roten leuchtenden Stein von ihrem Finger und steckte ihn der schwangeren Frau auf den rechten Ringfinger. Die Hände des Wesens fühlten sich kalt an. Das Schmuckstück presste sich sanft an ihren Finger und gab ihr das Gefühl, als trüge sie ihn schon ewig. Die Gestalt drehte sich um und schritt auf Damona und Naresa zu.

„Wir übergeben sie jetzt eurer Obhut.", sagte das Wesen und löste sich auf. Die Dämonin und die Dryade sahen sich an.

„Ich schätze mal, wir sollen sie in die Festung bringen.", murmelte Naresa. Sie gingen zu der dunkelblonden Frau und reichten ihr die Hand.

„Komm, wir bringen dich in Sicherheit.", sagte Damona. Die Schwangere schaute die Dämonin und die Dryade an, die ihre Urgestalt wieder angenommen hatten.

„Warum hast du so komische Gnubbel am Kopf und du eine Grüne Hautfarbe?", fragte sie.

„Äh ... mir stand mal eine Tür im Weg."

„Und ich werde bei ihr immer seekrank."

„Aha ...", antwortete Franziska erstaunt.

„Sagt mal, sind wir uns nicht schon mal begegnet?"

Die Dryade und die Dämonin zuckten mit den Schultern.

Türrahmen? Etwas Besseres ist dir nicht eingefallen?, fragte Naresa telepathisch.

Ach, aber das mit dem seekrank war besser?, antwortete Damona auf die gleiche Weise.

Ich weiß zwar nicht warum, aber ich kann euch hören., warf die Schwangere ein.

Naresa und Damona sahen erst sich, dann die Frau an und senkten resignierend die Köpfe.

„Schön, dass wir das nun auch geklärt haben!", murmelte die Dryade. Dann löste sich das Trio auf.

Am Stadtrand von Itzehoe

Der Nebel breitete sich langsam aus. Er kroch auf eine Stelle auf der Wiese zu und bündelte sich dort. Er stieg empor und bildete eine wabernde Wand. Orangerotes flackerndes Licht durchleuchtete ihn und sieben Pferde samt Reitern preschten daraus hervor. Aber sie waren nicht normal. Die Augen der Pferde glühten rot, aus den Nüstern schlugen Flammen heraus und genau wie ihre Reiter waren sie halb verwest. Sie trugen Kleidung, die aus einer vergangenen Epoche stammten. Der Anführer zog ein Rapier und zeigte damit auf die Stadt, auf die sie zuritten.

„Dem Fürsten verlangt es nach Seelen, folgt mir!", donnerte seine finstere Stimme. Jedes Mal, wenn die Hufen der Pferde den Boden berührten, stoben Funken auf und hinterließen verbrannte Flecken.

Ein Obdachloser, der auf einer Parkbank übernachtete, sah dieses gruselige Schauspiel, schüttelte mit dem Kopf und rieb sich die Augen.

„Das glaubt mir keine Sau!", flüsterte er und nahm einen großen Schluck aus seiner Rotweinflasche. In dem an die Baumgruppe angrenzenden Haus gingen die Lichter an. Die Anwohner wurden durch den Lärm geweckt. Sie konnten gerade noch erkennen, wie die Reiter eine Funkenspur ziehend auf das Stadtzentrum von Itzehoe zuritten.

Francois De Lombard, der Schlächter von Paris war zurück.

Die Haustür des Einfamilienhauses zersplitterte, wie von einer Explosion zerrissen. Von dem Knall aus dem Schlaf gerissen sprang der Mann aus dem Bett. Seine Frau, die ebenfalls davon geweckt wurde, schreckte hoch.

„Was war das?", fragte sie den Vater ihrer Kinder leise bibbernd. Er sah sie groß an, schlüpfte in seine Hausschuhe und griff zur Baseballkeule, die er stets neben dem Bett griffbereit liegen hatte. Bis jetzt hatte er seinen Meinungsverstärker, wie er das Holzstück immer nannte, nie nutzen müssen.

„Keine Ahnung, aber das werden ich gleich herausfinden!", flüsterte er. Auf leisen Sohlen verließ er das Schlafzimmer und ging fast geräuschlos die Treppe ins Erdgeschoss hinunter. Unten angekommen sah er das Ausmaß und den Grund für das laute Geräusch. Holzsplitter lagen im ganzen Flur zerstreut. Sogar die Scharniere waren mit der massiven Zarge aus der Mauer gerissen. Mit was und mit welch einer Wucht wurde die Tür getroffen? Vor allem, womit? Ein Knacken ließ ihn sich ruckartig umdrehen, in die Richtung, aus der das Geräusch kam. Durch das Loch in der Wand, welches mal der Eingang war, wehte kalter Winterwind. Schneetreiben hatte eingesetzt und große Flocken flogen in das Haus. Aus dem dunklen Flur kam jemand auf den Familienvater zu. Langsam und zielstrebig. Durch das einfallende fahle Mondlicht konnte er die Gestalt erkennen. Sie trug eine Panzerung und eine Kapuze, unter der eine silberne Maske hervorschien. Ein metallisches Schleifen erklang und aus der rechten Hand der Kreatur wuchsen glänzende gebogene Krallen.

Eine gefühlte Ewigkeit später hörte die Frau Schritte, die langsam die Treppe hochkamen. Bleich und zitternd vor Angst saß sie auf dem Bett, die Decke bis unters Kinn hochgezogen.

„Dennis, bist du das?", krächzte sie. Keine Antwort. An den Geräuschen erkannte sie, dass die Schritte den oberen Flur erreicht hatten. Vor der Schlafzimmertür stoppten sie. Die Türklinke wurde langsam nach unten gedrückt.

„Dennis?", fragte sie kaum hörbar. Schwerfällig öffnete sich die Tür und eine Gestalt mit Kapuze betrat den Raum. Sie warf etwas auf das Bett. Auf dem Schoß der Frau landete ein Gegenstand, ein Ball. Zumindest dachte sie das. Sie griff danach und zog erschrocken die Hand zurück. Eine klebrige metallisch riechende warme Flüssigkeit trat heraus. Dann erkannte sie, was es war.
Sie schrie wie von Sinnen. Mit gebrochenem Blick aus matten Augen sah ihr Mann sie an. Es war Dennis Kopf, den die Gestalt ihr auf das Bett geworfen hatte.

Tara Milano wurde von Lärm auf der Straße geweckt. Ein Auge öffnete sich, das andere befand sich noch im Urlaub. Durch die Müdigkeit quälte sich die pummelige Frau schwerfällig aus dem Bett.

„Können diese Arschkrampen ihre Sauforgien nicht am anderen Ende der Stadt feiern?", grummelte sie wütend.

„Ich muss um sechs aufstehen und ihr Vollidioten randaliert hier um halb vier herum!"

Dann bemerkte sie das gelbliche Flackern, welches durch die Vorhänge des Fensters ins innere des Zimmers drang. Sie stand auf, zog sich den Bademantel über und ging zum Zimmerfenster. Tara schob die abgedunkelten

Gardinen bei Seite und erschrak. Sie schnappte mit zitternden Händen zur Zigarettenschachtel, entnahm einen Glimmstängel und versuchte, ihn sich anzuzünden. Das Feuerzeug fiel ihr aus der Hand und sie hob es auf. Nach dem siebten Versuch brannte die Zigarette endlich und sie nahm einen kräftigen Zug. Sie rieb sich die Augen und setzte ihre Brille auf. Sie hatte sich nicht geirrt, das Bild, was sich ihr bot, war real. Auf dem großen Parkplatz gegenüber standen vier Scheiterhaufen auf denen gerade Menschen verbrannten und vor Schmerzen schrien. Um die Feuer herum ritten halbverweste Reiter auf ihren teils skelettierten Pferden mit rotglühenden Augen.

Flammen schlugen aus ihren Nüstern. Einer der Reiter zog sein Rapier und streckte ihn gen Himmel.

„Los, wir haben noch viel zu tun, dem Gebieter gelüstet es nach noch mehr Seelen!", rief er mit grollender Stimme. Sie preschten davon und jeder Hufaufschlag am Boden verursachte Funken.

Durch das reflektierende weiß des dicken Schnees wirkte alles noch gespenstischer als ohnehin schon.

Leichenblass und geschockt schaute Tara sich das Spektakel an und flüsterte:

„Oh mein Gott ... nicht schon wieder." Die Erinnerungen an die Schlacht auf Fehmarn kamen wieder in ihr hoch. Sie griff zu ihrem Smartphone und suchte die Nummer von Jonas Drake.

Avalon

Die Magier, Mia und Lilith überlegten verzweifelt, wie sie ihre Freunde aus der Hölle befreien konnten, aber sie kamen zu keinem Ergebnis.

„Egal, was wir machen, Asmodeus hat derzeit zu viel Macht. Er würde uns spüren, bevor wir seine Dimension erreicht hätten.", murmelte die rotblonde Frau.

„Aber wir können Yasmina, Sarah und Ariel doch nicht ihrem Schicksal überlassen. Wir müssen sie befreien!", nörgelte Mia.

Die Sorge um ihre Freundinnen blieb nicht unbemerkt.

„Mein Kind, du weißt, was beim letzten Mal passiert ist. Hätte Luzifer dich nicht von dort wegkatapultiert und hätte Daria dich nicht sofort hierher gebracht, wärst du jetzt tot. Vergiss das nicht!", sagte Myrddin mit sanfter, aber bestimmter Stimme. Beschämt sah die junge Hexe zu Boden.

„Ich weiß, Meister.", flüsterte sie. Sie ballte die Fäuste und wurde rot im Gesicht. Die Adern traten an ihrem Hals hervor.

Der alte Magier grinste amüsiert und sah dem Schauspiel weiter zu.

„Ich habe deine Kräfte neutralisiert, weil ich ganz genau wusste, dass dir das Wohl und das Leben deiner Freunde wichtiger sind als dein eigenes. Weder ihnen uns noch dir selbst ist damit geholfen, wenn du dich jetzt sinnlos opferst."

Mia sah ihn wütend und enttäuscht an. Obwohl sie wusste, dass er recht hatte, verließ sie wutschnaubend den Raum und knallte mit der wuchtigen Eichentür. Lilith sah Myrddin ungläubig an.

„Sie beruhigt sich schon wieder. Das ist bei dem kleinen Hitzkopf normal, aber ich kann nicht zulassen, dass sie lachend in die Kreissäge rennt.", murmelte er.

„Und wenn uns nicht bald etwas einfällt und die drei sterben wird sie es mir nie verzeihen. Das macht mir fast noch mehr Angst als ihr Sturkopf ..."

In der Hölle

Ein halb verbrannter römischer Legionär hastete eilig in den Thronsaal seines Gebieters. Er war ein schrecklicher Anblick. Seine linke Gesichts- und Körperhälfte war bis auf die Knochen verbrannt. Vereinzelt war noch ein verkohltes Stück Fleisch vorhanden. Dem sadistischen und blutrünstigen Centurio gelang damals der Übertritt in die Höllendimension dieser Welt, bevor Terrastone vernichtet wurde.[1]

Er verneigte sich vor seinem neuen Herrscher, der im Gegensatz zu dem Asmodeus seiner Dimension unberechenbarer und brutaler war. Der Gehörnte sah den Römer finster an.

„Berichte, Flavius!", befahl er mit kalter Stimme. Der Centurio erhob sich und erblickte die rothaarige Frau mit den Hörnern, die sich an den Thron des Fürsten der Finsternis lehnte und ihn mit ihren kalten Augen musterte.

„Mein Gebieter, die Gefangenen ... sie ..." Asmodeus sprang zornig auf. Flammen schlugen aus seinen Nasenlöchern hervor und die Augen glühten tiefrot.

„Sie sind ...", er traute sich nicht, es auszusprechen.

---

[1] „Schattenwald - Terrastone – Das Ende einer Welt"

Der selbsternannte Herrscher der Hölle stieß Flavius bei Seite und stapfte wütend an ihm vorbei. Callista folgte ihm. Sie gingen zu den Kerkern im Fegefeuer. Als sie das Gewölbe mit dem Blutfelsen erreichten, bekam Asmodeus einen Tobsuchtsanfall. Er rief Rotanev, den Seelenjäger.[1] Das Skelett mit dem Kapuzenmantel tauchte in einer Nebelwolke neben Flavius auf.

„Vernichte ihn!", befahl er dem Dämon.

Das Skelett packte den Centurio und wollte ihm gerade den Kopf abreißen, als ihn Callista durch ihren Einspruch vom Vorhaben abhielt.

„Warum willst du einen deiner besten Männer vernichten? Kannst du es dir leisten?"

Asmodeus sah seine Tochter durchdringend an und nickte schließlich. Er gab Rotanev ein Zeichen den Centurio loszulassen.

„Deine letzte Chance, du Versager! Erkläre mir das da!", fauchte der Gehörnte und zeigte auf den Blutfelsen.

Drei mumifizierte Leichen hingen in den Ketten. Eine Mumie, denn mehr war von dem einstigen Höllenherrscher nicht übrig, lachte krächzend. Asmodeus ging darauf zu und verpasste ihr eine Ohrfeige.

„Was gib es da zu lachen, Luzifer?", brüllte er. Dann sah er die leeren herunterhängenden Ketten neben dem Lichtbringer.

„Wo ist dieser Mensch geblieben?"

„Da, wo du ihn nicht findest!", erwiderte die kümmerliche Gestalt. Asmodeus schäumte vor Wut und schlug die Kreatur erneut.

„Was war an dem Weib so wichtig, dass du es befreit hast? Und ... wie ist dir das überhaupt gelungen?"

Luzifer lachte und legte belustig den Kopf in den Nacken. Er versuchte, seinen ehemaligen Statthalter zu provozieren.

„Betriebsgeheimnis.", knirschte er und lachte ironisch. Darauf fing er sich die nächste Ohrfeige ein.

„Kannst du Mädchen auch noch etwas anderes als Ohrfeigen verteilen, rumtoben wie ein kleines Kind und den großen Herrscher spielen?" Er sah Asmodeus bei seiner Ansage tief in die Augen.

„Um auf deine andere Frage zu antworten. Das Mädchen war Alenya und sie wird vermutlich gerade deinen Tod planen."

---

[1] „Der Seelenjäger"

Der Fürst der Finsternis wurde blass. Er erinnerte sich an Luzifers Worte vor einiger Zeit, als er angekettet im Kerker hing. Dort hatte er ihm offenbart, was er mit der Keltenkönigin gemacht hatte.[1]

„Und ..." Asmodeus zeigte auf die Leichen.

„Das war ich nicht. Frag doch deinen gestörten Folterknecht Flavius. Ach nee, brauchst du nicht. Der Idiot hat den Mädchen weitere Eisennägel verpasst. 400 Nägel sind auch für Göttinnen und Engel tödlich, zumal sie ihrer Kräfte und Seelen durch dich beraubt zu geschwächt waren. Aber was soll man von einem machtgierigen Schwachkopf, dessen Dachgeschoss die Möblierung fehlt auch anderes erwarten können?", erwiderte Luzifer und verfiel in einen Lachkrampf.

„Assi, du bist so dermaßen dumm, ich hätte mehr von dir erwartet."

Asmodeus verfiel in einen wahren Rausch und verpasste Luzifer eine Backpfeife nach der anderen. Der jedoch lachte unaufhörlich. Wie von Sinnen schlug der Gehörnte auf ihn ein und zerschmetterte in seiner Wut die Ketten, in denen der Höllenfürst hing. Darauf hatte der nur gewartet. Er löste sich vor den Augen des Gehörnten auf. Der wurde sich erst jetzt bewusst, was er in seinem Wahn angerichtet hatte. Er drehte sich um und brüllte:

„Rotanev, walte deines Amtes!" Das Skelett mit dem Kapuzenmantel riss Flavius den Kopf ab, der daraufhin zu glühender Asche wurde. Der Körper kippte nach vorn und zerfiel ebenfalls in einem Funkenregen. Eine rotleuchtende Kugel stieg auf und Rotanev fing sie ein. Callista nickte kaum merklich und zog sich zurück.

8. Die fünfte Kolonne

Thomas David wachte auf. Seine Knochen und Muskeln schmerzten, als hätte er jahrelang im Koma gelegen und müsste alles komplett neu erlernen. Er konnte sich kaum bewegen. Seine Hände, seine Füße, alles kam dem Mann

---

[1] „Der Seelenjäger – die Schatten"

tonnenschwer vor. Ihm brummte der Schädel. Er sah sich um und erkannte drei halb abgebrannte Kerzen, deren Flammen unruhig zuckten. Sie spendeten wenig Licht, aber immerhin genug um zu erkennen, dass er sich in einem spärlich eingerichteten Raum aufhielt. Die Bauweise erinnerte ihn an mittelalterliche Gebäude. Langsam kam das Gefühl in seinen Gliedmaßen zurück und die Schmerzen ließen nach. Ein Knarren lenkte seine Aufmerksamkeit Richtung Tür. Die Klinke wurde von außen heruntergedrückt und öffnete sich einen Spalt. Zwei scheue orange Augen sahen ihn an.

„Komm ruhig herein. Ich werde dir nichts tun.", forderte Tom, wie ihn seine Freunde nannten, den Besucher auf. Aber war es wirklich Besuch, oder etwas, das ihn töten wollte? Er wusste ja nicht einmal, wo er war.

Die Tür öffnete sich weiter und ein merkwürdig aussehendes Mädchen, vielleicht zehn oder zwölf Jahre alt, betrat die Hütte. Ihre Haut war grün und der Körper des Kindes war eine Mischung aus Mensch und Pflanze. Er konnte nicht glauben, was er da vor sich sah, ließ es sich aber nicht anmerken.

Er lächelte das Wesen freundlich an und zaghaft erwiderte es sein Lächeln.

„Sag mal mein Kind, wer bist du und wo bin ich hier?", fragte er mit sanfter Stimme. Erst jetzt, wo sie es auf dem Tisch abstellte, bemerkte er das Tablett mit dem Kelch, der Flasche und einem Teller, auf dem ein duftendes Menü dampfte. Zögerlich kam das Kind ein paar Schritte auf ihn zu, stoppte aber einen Meter vor dem Bett, auf dem er lag. Tom versuchte, sich aufzurichten, aber es misslang. Er stöhnte vor Schmerzen und kalter Schweiß trat ihm auf die Stirn, dann fiel er entkräftet zurück. Das Mädchen trat an das Bett und berührte ihn mit den Händen an den Schläfen. Aus ihren Nasenlöchern trat grüner Nebel, der den Mann umhüllte. Eine wohlige Wärme ging von ihnen aus und sein Körper entspannte sich. Der Muskelschmerz ebbte rasend schnell ab und er fühlte sich wie neu geboren. Das Wesen ging zwei Schritte zurück und Tom setzte sich langsam hin. Er ließ die Beine von der Bettkante baumeln und konnte mit den Zehenspitzen den Boden berühren. Das Mädchen lächelte ihn an.

„Du bist in Mundussilvarum, der Welt der Dryaden.", erklärte sie mit einer Stimme, die so gar nicht zu ihrer Statur passte. Sie klang wie die einer jungen Frau, aber nicht nach der eines Kindes. Tom sah das Mädchen verblüfft an.

„Und ... wie heißt du?", fragte er.

„Mein Name ist Pulchra Flos. Das bedeutet in deiner Sprache *schöne Blume*.", erwiderte sie strahlend.

Das Lächeln des Kindes gefiel ihm.

„Sind hier alle so ... liebenswert wie du?"

„Nur solange du unsere Gesetze beachtest."

„Und welche sind das?", fragte Tom neugierig.

„Achte das Leben, achte den Wald."

„Und weiter?"

„Alles andere ist für den Augenblick unwichtig und wirst du noch erfahren. Du musst ein paar kleine Prüfungen bestehen und je nachdem, wie du abschneidest, wird über dich entschieden werden."

„Äh ... und wann sind die?"

„Sie laufen bereits. Die erste hast du schon bestanden."

Tom beließ es für den Augenblick dabei und sah dem Mädchen in die Augen. Ihr Blick war ehrlich und offen. Er konnte in ihm nichts Boshaftes entdecken.

„Wie komme ich hierher und wie lange war ich unterwegs?"

„Was meinst du mit *wie lange unterwegs*? Ich verstehe deine Frage nicht."

„Wir müssen doch irgendwie hierher gekommen sein. Wie lange hat das Raumschiff gebraucht?"

Pulchra musste lachen.

„Nein, nicht so eine Welt. Dies ist eine Dimension, die parallel zu deiner Welt existiert. Das hier ist ein mystischer Ort, wie es ihn einst auch bei euch gab. Aber dann habt ihr Menschen angefangen, alles zu zerstören. Viele meiner Schwestern fielen dem Drang nach Technologie zum Opfer.", sagte sie traurig.

„Aber ich weiß auch, dass ihr nicht alle gleich seid. Es gibt viele, die im Einklang mit der Natur leben. Auch solche die die Natur achten und respektieren. Nicht diese plumpen Idioten, die ihre Ideologien für Geld unter dem Deckmantel des Natur- und Umweltschutzes durchsetzen wollen und dabei alles zerstören." Er nickte bestätigend. Plötzlich kamen drei in Kapuzenmänteln gekleidete Gestalten mit rotglühenden Augen durch die Wand des kleinen Gebäudes. Sie kamen einfach so durch, als wäre die Wand für sie gar nicht da. Tom erschrak und zuckte zurück.

„Hab keine Angst Tom. Sie haben dich gerettet und hergebracht.", sagte Pulchra.

„Wer seid ihr?", fragte er panisch.

„Wir sind die Schatten. Du hast zwei gemeinsamen Freundinnen von uns geholfen und dafür haben wir dich gerettet.", sagte eines der Wesen. Dann vereinigten sie sich zu einem. Das Geschöpf schritt langsam auf ihn zu und streckte ihm die Hand entgegen. Es war eine blasse Frauenhand. Das war der einzige Körperteil, welchen er erkennen konnte. Da er sich nur an kleine Bruchstücke erinnern konnte, fragte er nach.

„Wovon redet ihr ... du ... eigentlich? Ich steig da nicht mehr durch."

Die Hand des Wesens berührte seine Schulter und drückte sie sanft.

„Du hast zwei Frauen geholfen zu überleben. Alenya, eine magisch begabte Keltin und Delia, eine Dämonin. Ihr wart auf dem Weg in den Norden als ihr von Luzifer aufgehalten und um Hilfe gebeten wurdet. Er gab dir ein Amulett, welches dich schützte. Dann wurdet ihr von Asmodeus Schergen überfallen. Alenya und Delia wurden entführt und du warst bewusstlos, als das Wohnmobil, mit dem ihr unterwegs wart, in Brand gesteckt wurde."

Schlagartig wurden Toms Erinnerungen klarer. Er erinnerte sich an die Schreie der Frauen, als sie verschwanden und an die Flammen die ihn umzingelt hatten.

„Gonzo ...", flüsterte er traurig. Die Dryade öffnete die Tür und der kleine Chihuahua kam reingelaufen.

„Meinst du den hier?", fragte sie grinsend. Der Hund sprang auf einen Stuhl neben dem Bett und von dort aus zu seinem Herrchen. Tom nahm ihn auf den Arm und drückte ihn vor Freude. Gonzo fuhr ihm mit der Zunge durchs Gesicht. Dann bemerkte er das Amulett um den Hals des Chihuahuas. Er fasste es an und es wurde warm.

„So eines gab mir die große Kreatur.", sagte er erstaunt und sah den Schatten an.

„Eine der Frauen hängte es ihm um, bevor Asmodeus Schergen das Auto in Brand setzten. Sie scheinen den Kleinen zu mögen, dass sie ihn damit retteten."

„Ja, sie verstanden sich sehr gut mit ihm. Besonders von der Schwarzhaarigen war Gonzo sehr angetan."

„Delia ...", flüsterte der Schatten.

Erst jetzt wurde Tom bewusst, dass er das alles nicht geträumt haben kann. Also ist auch dies hier real. Er rieb sich die Augen und ohrfeigte sich selbst von beiden Seiten.

„Was macht er da?", fragte der Baumgeist den Schatten.

„Menschen sind so. Er will nicht wahrhaben, dass es tatsächlich wahr ist, und wähnt sich in einem Traum." Der Schatten kniff den Mann.

„Aua! Was sollte denn das?", knurrte er. Das Wesen sah ihn amüsiert an.

„Ich wollte dir nur zeigen, dass du dies alles nicht geträumt hast und hellwach bist."

Tom sah unter sein Hemd und entdeckte das Amulett. Er dachte, es wäre fort. Der Kristall leuchtete schwach.

„Das braucht dich nicht zu beunruhigen. Wenn Gefahr droht, leuchtet er grell. Jetzt ist es nur der aktive Schutz."

Tom nickte und konnte das alles immer noch nicht fassen.

Von draußen drang ein Stimmengewirr herein. Eine kam immer näher und klang aufgeregt. Die Tür wurde aufgestoßen und ein Hüne betrat die Hütte. Er trug eine Panzerung, die auf einem Polizeikampfanzug befestigt war. Tom erkannte das Abzeichen der schwedischen Polizei. Das Gesicht und die Hände des uniformierten Mannes glänzten silbern.

„Ist er das?", fragte der schroff und die grünhäutige Frau mit Efeu am Körper neben ihm nickte.

Tom war erschrocken über das Auftreten des Mannes. Er fühlte sich gerade unwohl.

„Was soll dieser Auftritt, Kyle?", fragte der Schatten.

„Dieser Mann könnte der Schlüssel zu den verschwundenen Frauen sein. Jonas Drake und die anderen sind verzweifelt, weil jede Spur von ihnen fehlt."

„Er weiß nichts. Aber warum polterst du hier so herum?" Der Schatten sah ihn lauernd an. Der Hüne nahm eine entspanntere Haltung ein und setzte sich auf einen der Stühle. Er nahm seinen Helm ab und richtete sich an Tom.

„Es tut mir leid, wenn ich Sie erschreckt habe, aber wir befinden uns in einer Ausnahmesituation." Er holte tief Luft und seine Hautfarbe veränderte sich zu der eines Menschen. Man sah ihm an, dass er unter Druck und Anspannung stand. Er streckte dem Mann auf dem Bett die Hand entgegen.

„Mein Name ist Kyle Argenti vom Clan Argenti. Meine Brüder und Freunde suchen verzweifelt nach den verschwundenen Frauen, falls sie ... falls sie noch leben.", sagte er mit bedrückter Stimme.

„Tom David. Und ich verstehe nur Bratkartoffeln.", erwiderte er die Begrüßung des Hünen. Kyle sah ihn durchdringend an. Er erkannte, dass der Mann wirklich nichts wusste, dann wandte er sich dem Schatten zu.

„Naresa und Damona haben gestern Delias Leiche gefunden. In ihrem Körper verborgen war Caldors Dolch."

„Caldors ... Dolch? So eine silberne altertümliche Waffe mit Wellenklinge und diversen Schriftzeichen und Symbolen?", warf Tom ein.

Kyle sah ihn verwundert an und zeigte ihm ein Foto mit der magischen Waffe.

„Sah der Dolch so aus?"

„Ja. Sie steckte in der Schulter der schwarzhaarigen Frau, als ich die beiden fand. Sie wäre gestorben, wenn ich sie nicht sofort operiert hätte."

„Sie sind Medizinmann?", fragte Pulchra.

„Ich bevorzuge die Bezeichnung Arzt im Ruhestand. Aber wenn du es so möchtest, ja, ich bin ein Medizinmann." Er schluckte hart. Er hatte die Frau gemocht. Eine einzelne Träne lief an seiner Wange herunter und mit traurigem Blick sah er zu Boden.

Gonzo legte sein Köpfchen auf den Oberschenkel seines Herrchens. Ein trauriges Seufzen verließ seine Kehle und er sah sein Herrchen betrübt an.

„Wer tut so etwas? Diese Frau ... die beiden waren etwas besonderes und so liebevoll ..." Tom dachte daran, wie sie sich mit seinem Hund angefreundet hatten und wie er sie von den Eisennägeln befreit hatte. Die Dankbarkeit in ihren Augen und die Verwandlung Delias in das geflügelte Wesen mit den kleinen Hörnchen an der Stirn. Er kannte sie zwar kaum, aber diese Botschaft traf ihn schwer.

„Wie ... was ist mit ihr passiert?", fragte er den Mann in der Panzerung.

„Naresa und Damona fanden sie mit durchschnittener Kehle hinter einer Kirchenruine in einem Wald. Ein entweihter Ort. Dort wurde sie vermutlich für die Erweckung eines Erzdämons geopfert."

„Nicht nur allem Anschein nach, sondern offensichtlich. Aber wir haben die Kirche neu entstehen lassen und
das zweite Opfer lebt. Der Ort ist magisch geschützt und
eine weitere Zuflucht, ähnlich der Komturei.", erklärte
der Schatten.

„Du wusstest davon?", fragte Tom.

„Ja. Ich wollte dich nicht beunruhigen, da ich es gespürt habe, dass du etwas für Delia empfindest."

Pulchra setzte sich neben Tom und nahm seine Hand.

„Naresa wird Delia rächen.", sagte sie und lehnte sich
tröstend an ihn.

„Ohje ... dann gibt es wieder Gulasch wie in Oker ..."[1],
murmelte der Schatten.

In den Katakomben unterhalb von Itzehoe

Es ist so weit. Steh auf!, wisperte die Stimme.

Die Zeit ist gekommen sich zu erheben. Minuten verstri-
chen und es tat sich ... nichts. Die Stimme wurde energi-
scher.

Nun bewege dich endlich du faule Socke!

„Was soll denn das? Kann man denn nicht einmal in
Ruhe ausschlafen?", kam die knurrende Antwort aus
dem goldenen altägyptischen Sarkophag mit den ge-
kreuzten Chepesch-Schwertern. Nachdem auch diesmal
keine weitere Reaktion aus der Ruhestätte kam, griff die
Stimme zu anderen Mitteln. Die Luft flirrte und verdich-
tete sich zu einer Gestalt mit einem weißen Kapuzenmantel, der durch einen goldenen Gürtel zusammen gehalten wurde. Eine Männerhand legte sich auf das kunst-
voll geschnitzte Gesicht des Sarkophags und der Mund
öffnete sich. Grinsend nahm die Gestalt einen Krug mit
Wasser von dem langen Tisch, der nicht weit entfernt
stand und schüttete die Flüssigkeit in die Öffnung. Im
Inneren fing jemand an, vor Wut zu toben.

„Na, bist du jetzt endlich ansprechbar, mein kleines
Kotzbröckchen?", frotzelte der Mann.

„Vergiss es!", kam die Antwort aus dem Sarg.

„Schmollen kannst du später, meine Liebe. Zum Ersten sollten zwanzig Jahre wohl reichen, um ausgeschla-
fen zu sein, und zum Zweiten, dein Johann wird nicht
jünger."

Ohne Vorwarnung flog der schwere Deckel des goldenen Sarkophages im hohen Bogen davon und zermalmte

---

[1]   „Schattenwald"

eine Ritterrüstung, die scheppernd in sich zusammenbrach. Eine schwarzhaarige Frau legte ihre Unterarme auf die Sargkante, ruhte mit ihrem Kopf darauf und sah den Mann mit einer hochgezogenen Augenbraue mit funkelnden Augen an.

„Und das sagst du mir erst jetzt?", knurrte sie vorwurfsvoll.

„Das habe ich ja die ganze Zeit versucht, aber nööö, Madame wollte ja lieber weiterschlafen!"

Aua ..., maulte eine weibliche Stimme aus dem Trümmerhaufen.

„Ruhe da! Wenn Erwachsene sich streiten, haben sprechende Särge sich da raus zu halten!", motzte die Frau.

Ist ja schon gut ..., kam es schmollend zurück.

Aber ... könnte mich mal wenigstens jemand umdrehen? Ich liege auf der Nase.

Der Mann und die Frau sahen sich an und seufzten.

„Jetzt nicht!", antworteten sie synchron.

Och menno ...

„Sag mal, Horus, wie kommt es, dass du hier bist? Ich dachte, du hättest diese Welt schon vor 2000 Jahren verlassen."

„Das ist eine lange Geschichte."

„Ich habe Zeit."

„Nein Yanara, hast du nicht! Johann braucht dich und ich bringe dich jetzt zu ihm."

Er packte die junge Ägypterin an der Hand und sie lösten sich auf.

Äh ... hallo? Jetzt vielleicht?, flehte die Stimme.

Hallo? ... na toll!

Komturei Tempeldorf, Itzehoe

Jonas, Damona, Anya und Yakup saßen an einem Tisch im Speisesaal. Sie waren gerade fertig mit dem Essen, als sie knackende Geräusche hörten. Sie schauten in die Richtung, aus der das Knacken kam. Die Erleichterung war groß, als sie feststellten, dass es nur die ehemalige Nonne Franziska war, die sich angeschlichen hatte im sich am Buffet zu bedienen. Sie bemerkte die plötzliche Stille, hielt inne und sah sich verunsichert um.

„Jaja, wieder heimlich am Futtern, mein Dickerchen?", stichelte Jonas. Franziska wurde rot und schaute den Kripo-Beamten ernst an.

„Ich bin nicht dick, ich bin schwanger!", knurrte sie. Dann kam sie mit dem fast überlaufenden Teller an den Tisch gewackelt.

„Schön die Zunge gerade halten.", unkte Anya und lachte. Sie ärgerte die ehemalige Nonne einfach zu gerne.

Wortlos setzte sich Franziska zu der kleinen Runde.

„Weiß Jacques eigentlich von deinen nächtlichen Fressattacken?", fragte Damona. Die Dämonin sah sie besorgt an.

„Naja, begeistert ist er nicht. Aber was soll ich machen? Wenn es mich überkommt, gibt es kein Halten mehr.", antwortete sie beschämt. Sie streichelte ihren Bauch und lächelte zufrieden.

„Er wird eines Tages der neue Großmeister sein.", flüsterte sie.

Damona sah Anya an und zog eine Augenbraue hoch. Die junge Hexe quittierte es mit einem kaum merkbaren Achselzucken.

Deshalb haben die Schatten sie zurückgeholt.

Ja, jetzt wird mir einiges klarer., erwiderte die Dämonin. Die beiden wurden bei ihrer telepathischen Unterhaltung unterbrochen, als Pierre aufgeregt an den Tisch herantrat. Er sah alle mit ernster Miene an.

„Was ist los?", fragte Yakup. Der große Türke ahnte, dass etwas nicht stimmte. So bitterernst war der Abbé selten.

„Es hat begonnen!", sagte er mit Bitterkeit in der Stimme.

„Was? Wo?"

„In Itzehoe. Halb verweste Reiter aus der Zeit der Musketiere haben ein Massaker angerichtet und ziehen ihre blutige Spur durch die Stadt."

„Was?" Jonas und Yakup sprangen entsetzt auf.

„Tara Milano hat hier angerufen, weil sie dich nicht erreichen konnte, Jonas. Auf dem Parkplatz ihrer Wohnung gegenüber haben die Kreaturen vier Menschen auf Scheiterhaufen verbrannt. Dann sind sie in die Innenstadt geritten. Seitdem häufen sich vergleichbare Meldungen." Der Templer war erschüttert und musste sich setzen. Auch wenn er solche Vorfälle zu Genüge kannte, traf es ihn immer wieder schwer.

Jonas ballte die Fäuste und kochte innerlich vor Wut. Seine Augenfarbe pendelte zwischen eisblau und braun hin und her. Yakup und Pierre wussten, dass sich im inneren ihres Freundes der Polizist und sein Vorfahre Cedric Drake nicht darüber einig werden konnten, wer die Kontrolle übernehmen sollte.

„Aber ... aber das ist noch nicht alles.", fügte der Templer krächzend hinzu.

„Was noch?", fragte Yakup.

„Von der anderen Seite der Stadt aus räumt noch jemand das Buffet auf. In einem Einfamilienhaus wurde ein Mann enthauptet und seine Frau ..." Ein Kloß im Hals hinderte ihm am Weiterreden. Seine Freunde verstanden ihn auch so und verzichteten auf weitere Einzelheiten. Pierre sah die besorgten Blicke Damonas und sagte:

„Die Kinder hatten Glück. Sie leben ... noch." Bedrücktes Schweigen breitete sich aus.

Polternd stürmte eine der Wachen in den Speisesaal. Der Mann war völlig aus der Puste.

„Abbé Rolland ... vor der Festung ... Dämonen ... tausende ...", brüllte er nach Luft zerrend.

In den Wäldern von Mundussilvarum

In den letzten Tagen hatte Tom viel gelernt über das Leben der Dryaden. Er hatte Freundschaften geknüpft und er war erstaunt über die Gastfreundschaft dieser Wesen. Darüber hinaus ließ ihn das erfrischend freundliche und liebevolle für- und miteinander, alles was er über Bäume wusste neu überdenken. Pulchra wich ihm nicht von der Seite. Das Mädchen hatte in Tom einen Narren gefressen. Zu dem Dryadenkind pflegte er ein besonderes Verhältnis. Sie erinnerte ihn sehr an seine verstorbenen Enkelkinder. Er wollte noch mehr über dieses Volk wissen.

„Sag mal, warst du schon mal in meiner Welt?", fragte er das Mädchen.

„Ja. Und ich habe dort auch viele Menschen ertragen müssen.", antwortete sie mit Zorn in der Stimme. Ihre orangen Augen blitzten kurz auf. Sie merkte, dass es den Mann traurig machte.

„Aber zum Glück sind nicht alle so böse. Du bist ein hervorragendes Beispiel, dass es auch gute Menschen gibt. Ich glaube, Naresa und du würdet euch gut verstehen."

„Wer ist eigentlich Naresa?"

„Meine Schwester. Sie lebt in der Zuflucht oder auch Komturei bei den Menschen. Unser Vater fand Freunde unter ihnen und vertraute sie ihnen an. Und sie ist die

110

Beschützerin von Jonas Drake, weil er ihr das Leben rettete. Böse Menschen wollten ihren Lebensbaum fällen"[1], erwiderte sie voller stolz.

„Lebensbaum?", fragte Tom nach. Das Mädchen sah ihn mit ihren großen Kulleraugen an.

„Wir Dryaden oder auch Waldnymphen oder Baumgeister haben einen Baum der zu uns gehört. Stirbt der Baum, sterben auch wir. Außerdem ist unser jeweiliger Lebensbaum auch unsere Kraftquelle." Tom hatte den Ausführungen Pulchras gespannt zugehört und war fasziniert.

„Das da ist mein Baum." Sie zeigte auf eine Eiche. Der Mann staunte.

„Wie alt bist du denn?"

„Über 400 Jahre."

„Wow ...", hauchte er. Dabei hielt er das Mädchen für gerade mal zehn bis zwölf Jahre. Ein Horn erklang und Tom erschrak.

„Was ist das?"

„Das Signal zum Aufbruch."

„Aufbruch, wohin?"

„In deine Welt.", antwortete sie lächelnd.

Komturei Tempeldorf, Itzehoe

Die Festung war von Dämonen und weiteren Höllengeschöpfen umzingelt. Tausende standen in loser Formation um das Bollwerk herum. Eine Gestalt kam mit einer weißen Flagge auf die Burg zu und passierte den magischen Schutzschild, als wäre er gar nicht vorhanden.

„Na das kann ja heiter werden.", murmelte Pierre. Er gab das Signal die Geschütze auszurichten.

„Halt! Nicht!", brüllte Damona.

Jonas und der Templer fuhren herum, als die Dämonin die Aussichtsplattform des Ostturmes betrat.

„Was soll das? Die werden uns überrennen!", knurrte der Polizist.

„Werden sie nicht. Seht ihr die Flaggen? Sie haben alle dasselbe Symbol."

„Ja und?" Die Dämonin öffnete ihre Bluse ein stückweit und deutete auf die Triskele auf ihrer Brust.

„Äh ... sind das die, die du ...", Jonas erinnerte sich an ihre Erzählungen über ihre Zeit in der Hölle. Sie grinste frech.

---

[1] „Schattenwald"

„Nicht alle. So unersättlich bin ich nun auch wieder nicht.", sagte sie lachend. Sie stellte sich auf die Burgzinne und zeigte ihr wahres Gesicht. Die Hörnchen traten aus der Stirn hervor, die Augen wurden tiefschwarz und glänzten. Dann traten ihre riesigen drachenartigen Schwingen aus dem Rücken, die sie augenblicklich ausbreitete. Sie griff hinter ihren Nacken zwischen die Flügel und zog ihr Flammenschwert hervor und streckte die brennende Klinge Richtung Himmel. Aus tausenden von Kehlen ertönten Jubelschreie. Sie sah ihre Freunde an.

„Darf ich vorstellen, das ist mein Heer, die fünfte Kolonne."

9. In das Licht

Horus stand einfach nur da und schüttelte mit dem Kopf. Er blickte auf eine Mauer, die sich vor ihm durch die Wüste schlängelte.

„Nun gib schon endlich zu, dass du völlig verpeilt an die Sache rangegangen bist.", nörgelte Yanara.

„Wärst du gleich aufgestanden, wäre das nicht passiert!", knurrte er.

„Klar. Frau ist wieder schuld!"

„Bot sich gerade so an.", stänkerte er frech grinsend.

„Nicht witzig."

„Finde ich schon." Der Falkengott lachte. Ein Räuspern unterbrach die beiden, die sich daraufhin umdrehten.

„Sind die Herrschaften fertig mit ihrem Schlagabtausch?", fragte die schwarzhaarige Frau vor ihnen belustigt. Yanara und Horus rieben sich die Augen. Konnte es denn wahr sein? War sie es wirklich?

„Bastet?", fragten Horus und Yanara wie aus einem Mund.

„Jahaa.", antwortete sie freudestrahlend und lief mit ausgebreiteten Armen auf sie zu.

„Mein Bruder."

„Meine Schwester."

„Kleine Priesterin."

„Gnatterige Nervensäge."

„Horus, benimm dich!", ermahnte Bastet ihren Bruder.

„Toll, Gruppenkuscheln. Und was ist mit mir?", fragte eine zaghafte Männerstimme.

„Ahmed.", rief Yanara vor Freude quietschend und rannte auf ihn zu und umarmte den Priester der Katzengöttin.

„Du siehst immer noch aus wie 25. Wie hast du das gemacht?", fragte er erstaunt und sah die hübsche Ägypterin von oben bis unten an.

„Nefertaris Sarkophag. Er hat mich wieder hergestellt, seit ich damals ..."

„Ich verstehe. Wo sind Johann und die anderen?"

„Weißt du, genau das ist das Problem." Sie schaute böse zu Horus.

„Der liebe Herr von und zu dort hat es verpeilt mich zu ihm zu bringen und ..."

„Nein mein Kind, das war ich. Ich habe euch abgefangen, damit ihr nicht Asmodeus Falle tappt.", warf Bastet ein.

„Ich dachte, der Bastard wäre seit dem Ende von Terrastone erledigt.", murmelte Horus.

„Das dachten wir alle.", antwortete die Katzengöttin.

„Wo sind wir eigentlich?", fragte der Falkengott.

„In Tandara, eine verlorene Welt. Kaum jemand erinnert sich an diese Dimension. Hierhin ziehe ich mich zurück, wenn ich meine Ruhe brauche. Außerdem bin ich hier mit meinem *ich* von der Erde eins geworden."

„Wow!", sagte Yanara staunend.

„Wer ist noch alles hier?"

„Horus. Er hing in einer Zwischendimension fest, in der er auch meiner Enkelin Sarah begegnete. Erst ein Zwischenfall befreite ihn."

„Woher weißt du das?", fragte er erstaunt.

„Es wurde mir zugetragen. Aber, woher wusstest du, dass Johann lebt? In Terrastone starb er ebenso wie in Paradan."

„In dieser Zwischendimensionen wanderte ich durch die Zeiten der unterschiedlichen Welten. Da den Überblick zu behalten war gar nicht so einfach. Dann spürte ich die Gegenwart von Nefertari, Johann, Jonas und Yanara." Er schwieg einen Moment.

„Was ... ist mit Jonas, Yasmina und den anderen?", fragte er zögerlich auf alles gefasst.

„Sind sie auf der Erde auch ... tot?"

„Nein. Yasmina und ich kamen gemeinsam dort an. Jonas, den Templern und so geht es gut. Allerdings gibt es mit den Mädels ein Problem ...“

Horus sah seine Schwester lauernd an. Er sah die Unsicherheit in ihren Augen.

„Yasmina, Sarah, Ariel, Alenya und ...“

„Moment mal! Ariel und Alenya haben gemeinsam mit Mia, dieser widerlichen Hexe, unsere Heimat vernichtet. Ich habe gesehen, wie unsere Welt von Atombomben zerrissen wurde!“, knurrte er.

„Ja, aber in dieser Welt sind sie die guten, obwohl es bei Alenya einen Wandel gab. Nach ihrer Vernichtung auf Fehmarn wurde sie als Nonne zurückgeschickt. Eine lange Geschichte, aber sie ist eine Gute.“[1]

„Und diese ... Mia?“

„Ariel hat in einem Anfall negativer Nächstenliebe Gulasch aus ihr gemacht.“

„Okay, dann mag ich sie jetzt schon.“

„Sie hat Damona, Yasmina und mir das Leben gerettet.“

„Dann muss man sie tatsächlich lieb haben.“, murmelte er grinsend.

„Und wer ist Damona?“

„Unsere Delia, aber da es auf der Erde auch eine gibt hat Pierre sie umgetauft. Sie heißt nun, mit Jonas und Nicks Hilfe, Damona Prince.“

„Interessanter Name.“

„Ja. Zumal der von einer Romanfigur aus den siebziger und achtziger Jahren stammt.“

„Hallo? Wir sind auch noch da.“, brummelte Yanara.

„Wann kann ich Johann endlich wieder sehen?“

„Bald.“, erwiderte Bastet.

„Aber vorher müssen wir noch etwas klären. Wir müssen nach Heliopolis.“

„Äh ... nö! Dahin bekommen mich keine zehn Pferde hin! Niemals!“, meuterte Yanara.

„Zwölf?“, unkte Horus.

„Nein! Nicht einmal einhundert! Außerdem ist das Grab doch völlig zerstört.“

„Nun beruhige dich. Du bist doch nicht allein.“, sagte der Falkengott.

„Und genau genommen sind es die Gräber in Sakarra und Taposiris Magna auch.“, warf Bastet ein.

---

[1] „Schattenwald - Terrastone - Das Ende einer Welt“

„Aber warum?", fragte sie mit Tränen in den Augen. Ahmed merkte, dass Yanara unbändige Angst hatte, und er verstand auch warum. Immerhin starb sie dort. Er nahm sie in den Arm.

„Das kann ich dir jetzt noch nicht sagen.", sagte Bastet leise.

„Aber es ist wichtig und für dich völlig ungefährlich. Neeth ist vernichtet. Sie wird dir nie wieder etwas antun können."

Komturei Tempeldorf, Itzehoe

Überrascht fassungslos und erleichtert sahen sich die beiden Männer an.

„Doch nicht ganz so aussichtslos, Alter.", sagte Jonas zu Pierre. Der seufzte und schaute Richtung Stadt. Noch war sie da. Der Templer erinnerte sich an die Aussagen von Damona, Yasmina, Bastet und Anya, was mit Terrastone geschehen war. Er hatte Angst vor dem, was kommt. Zum ersten Mal in seinem Leben hatte er wirklich vor etwas Angst. Auch die Sorge um Yasmina, Sarah und Ariel machte ihn fast krank.

Der Anblick des gewaltigen Heeres von Dämonen, Monstern und anderen Kreaturen das zum Schutz der Festung und zum Kampf gegen Asmodeus und seine Horden erschienen war, ermutigte ihn ein wenig. Klappernde Geräusche, die die Treppe heraufkamen, rissen ihn aus seinen Gedanken. Er drehte sich um und erkannte die Gestalt, die kurz zuvor mit der weißen Flagge durch die Barriere kam. Zu seinem Erstaunen war es eine Frau. Ihre rotblonden Haare fielen wie ein Teppich über ihre Schultern. Sie war schlank, leichenblass wie ein Vampir mit rotglühenden Augen und trug einen fast bodenlangen schwarzen Ledermantel, der ihrer Erscheinung etwas Respekt abverlangte.

Zumindest empfand Pierre es so. Er sah unter ihrem Mantel ein schwarzes Rüschenhemd und eine dazu passende Lederhose mit Kavalleriestiefel, die ihr bis über die Knie gingen. Der Mantel wurde durch einen Windstoß leicht geöffnet und er erkannte Revolvertaschen an beiden Seiten aus denen das Messing alter Armee-Revolver aus dem US-Bürgerkrieg hervorstanden. An der linken Seite trug sie einen Offizierssäbel. Auf der Gürtelschnalle standen die Buchstaben CSA. Der Templer sah ihr in die rotglühenden Augen.

„Ich bin Pierre Ro ...", weiter kam er nicht, weil ihm die Frau das Wort abschnitt.

„Ich weiß. Pierre de Bretagne oder auch Abbé Pierre Rolland, der Oberbefehlshaber dieser Festung und oberster Templer." Ihre Stimme klang kalt, aber ihr Lächeln war es nicht. Sie wirkte auf ihn fast sympathisch. Er räusperte sich.

„Und mit wem habe ich das Vergnügen?"

„Einigen wir uns auf einen Freund. Mehr brauchen Sie für den Moment nicht wissen." Die Frau reichte ihm die Hand. Er ergriff sie und sah etwas, dass seine Aufmerksamkeit erregte. Zaghaft drehte er ihre Hand so, dass er den Ring den sie trug erkennen konnte. Er schluckte hart und lächelte wissend.

„Ich ... ich verstehe."

Unruhig wälzte sich das verbrannte Skelett hin und her, dann erstarrte es. Der Raum füllte sich mit hellblauem Licht und das Knochengerüst fing an zu schweben. Der Kiefer klappte herunter und ein Schrei hallte durch den Ostturm.
Blaue Flammen schlugen aus den Augenhöhlen, Nasenlöchern und schließlich aus dem gesamten Skelett. Der Bademantel verbrannte innerhalb Sekunden und rieselte als Asche auf das Bett. Das, was einmal Maya der Waldgeist war, stand lichterloh in blauen Flammen. Ihre Schreie waren so laut, dass man sie durch die ganze Festung hörte ...

Nur einen Raum weiter geschah das Gleiche mit Solveig. Sie wand sich vor Schmerzen, aber es waren dumpfe Schmerzen, so etwas hatte sie noch nie zuvor erlebt. Die Flammen schienen sie aufzufressen. Dann war alles vorbei ...

Im Innenhof der Komturei öffnete sich ein freistehendes Portal in Form eines leuchtenden Strudels. Blitze zuckten heraus und schlugen in den Boden ein. Gras und Sand schoss hoch. Eine Gestalt trat hervor. Groß, mit einem Kapuzenmantel bekleidet und einem mannshohen Stab, an dessen Spitze ein blauer Kristall eingebettet war. Eine identisch aussehende mit einem gelben Kristall und zwei Frauen verließen ebenfalls den leuchtenden Strudel und dann löste er sich auf. Die vier Personen standen da und schauten hoch zur Aussichtsplattform des Ostturms. Myrddin, Lucius, Mia und Lilith gingen ohne Umwege durch die Tür und stiegen die Treppen hinauf. Durch den Zugang zum Speisesaal kam Johann auf die kleine Gruppe zu.

„Mia.", rief er. Die junge Hexe erkannte ihn und lief freudestrahlend auf ihn zu.

„Großvater." Sie fielen sich in die Arme. Da sie sich lange nicht mehr gesehen hatten, war die Wiedersehensfreude groß.

Ohrenbetäubende Schreie aus den Gästequartieren unterbrachen den Moment der Freude.

„War wohl nichts mit oldschool.", murmelte Mia, nahm die Hand ihres Großvaters und teleportierte sich genau wie die Magier und deren Begleiterin dorthin, woher die Schreie kamen.

Aus den Ritzen der Türen und Rahmen trat grelles blendend weißes Licht. Plötzlich verstummten die Schreie und das Licht erlosch. Von oben kamen hastige Schritte die Treppe hinunter und drei Personen stießen zu den Magiern und den Frauen.

„Was ist passiert?", fragte Jonas.

„Das ist mein Geschenk für euch.", sagte die rotblonde Frau mit dem Ledermantel und trat hinter dem Templer und dem Polizisten hervor.

Johann wurde blass und schwankte. Er verlor das Gleichgewicht und hätte Lucius ihn nicht aufgefangen, wäre der Professor rückwärts die Treppe hinunter gestürzt. Er schaute die Frau mit den rotglühenden Augen ungläubig an.

„Isabella?", fragte er zweifelnd.

„Ja, Vater.", antwortete die.

„Großvater, wer ... ist das?" Mia sah Johann und die Frau abwechselnd an, so wie die Zuschauer einem Tennisball beim Spiel folgten.

„Das ist deine Mutter, mein Kind.", krächzte der alte Professor fassungslos.

Im Zentrum von Itzehoe

Francois De Lombard riss dem schreienden Mann bei vollem Bewusstsein die Bauchdecke auf. Er war einer von sechs Menschen, die jeweils an einen Pfahl gekettet waren und mit ansehen mussten, wie die halbverweste Kreatur wie im Blutrausch seine Opfer grausam verstümmelte. Es bereitete dem Schlächter von Paris Vergnügen, die Männer und Frauen zu foltern und zu misshandeln. Wer zu schnell zu sterben drohte, den hielt er mit Magie am Leben, bis er sein Werk vollbracht hatte. Seine Opfer sollten grausam leiden. Er gab das Signal an die Fackelträger die Scheiterhaufen in Brand zu stecken. Schnell brannten die Haufen aus gestapelten trockenen Holzscheiten und Reisig lichterloh. Die Hitze ließ die Haut der Männer und Frauen zu einer brüchigen Kruste werden. Danach fraßen sich die Flammen durch die Muskeln, Sehnen und das Fleisch, hindurch bis zu den Knochen. De Lombard hielt seine Opfer mit seinen magischen Fähigkeiten so lange am Leben, bis von ihnen nur noch verkohlte Knochen übrig blieben. Unter entsetzlichen Qualen starben sie. Wie Stunden kamen ihnen die letzten Minuten ihres Lebens vor. Sie schrien, bis die Flammen sie aufgefressen hatten und bis auf ein paar Knochen und Asche nichts mehr von ihnen übrig blieb. Der Schlächter genoss den Anblick der Sterbenden, aber er bekam nicht genug davon.

Die Kreuzung vor dem Bahnhof war zu einer riesigen Hinrichtungsstätte geworden. De Lombards Gehilfen griffen sich die nächsten vor Angst kreischenden Menschen, ketteten sie an die verrußten Pfähle und führten ihre grausame Aufgabe fort.

„Wir müssen uns beeilen. Asmodeus soll stolz auf mich sein. Die Sonne geht bald auf und wir haben ihm erst vierhundert Seelen gebracht. Beeilt euch!", schrie er. Eilig errichteten seine Männer weitere Scheiterhaufen. De Lombards Blutnacht war noch nicht zu Ende.

Tandara

Seit Stunden gingen Bastet, Horus, Ahmed und Yanara an der Mauer entlang. Unerbittlich strahlte die Sonne auf sie herab und die sengende Hitze machte ihnen zu schaffen. Der Priester und die junge Frau waren erschöpft.

„Kann mich bitte jemand tragen? Ich kann nicht mehr.", krächzte Yanara.

Horus packte sie und warf die junge Frau über die Schulter.

„Boah, nicht wie ein erlegtes Wildschwein du Rüpel! Mit ein bisschen mehr Romantik bitte.", maulte sie.

„Romantik kostet extra!", knurrte der Falkengott.

„Na super! Kein Wunder, das du Single bist. Bei deinem Taktgefühl hält es doch keine Frau mit dir aus."

„Sie ist mir vor langer Zeit abhandengekommen. Sie wurde entführt."

118

„Äh ... sie hat sich bestimmt selbst entführt und sich einen romantischeren Kerl geangelt."

„Sie wusste was sie an mir hatte."

„Vielleicht gerade deshalb?"

Horus ließ sie aus der Bewegung heraus in den Wüstensand fallen und stapfte in gleichbleibendem Tempo weiter. Yanara hob ihren Kopf, spuckte Sand aus und knurrte:

„Beweisaufnahme beendet!"

Ahmed schritt neben seiner Herrin durch die unwirtliche Gegend. Er hatte den Dialog von Horus und Yanara mitbekommen.

„Waren die beiden schon immer so?", fragte er.

„Die benehmen sich wie ein ewig verheiratetes Paar.", fügte er schmunzelnd hinzu. Bastet schaute zurück und lächelte.

„Also dafür, dass die beiden sich mal gerade ein paar Stunden kennen, läuft es doch gut mit ihnen. Warte erst mal ab, bis Nefertaris Reinkarnation vollzogen ist, dann darfst du dir Gedanken machen. Das Geplänkel da ist nur das Vorspiel, glaub mir.", erwiderte sie mit rollenden Augen und einem wissenden grinsen.

„Echt jetzt?"

„Aber sowas von. Ich kenne die beiden schon einige tausend Jahre, zumal mein Bruder nie klein bei gibt. In dieser Zeit nennt man sowas, glaube ich, einen Nacho."

„Du meinst einen Macho."

„Ja was auch immer. Jedenfalls waren Nefertari und Horus schon immer wie Hund und Katze. Sie mögen sich, sie hassen sich, aber sie können nicht ohne einander. Eigentlich ist er ein ganz lieber, aber bei ihr macht er eine großzügige Ausnahme."

„Na das nenne ich doch mal eine Bilderbuchfamilie.", meinte Ahmed amüsiert.

Komturei Tempeldorf, Itzehoe

„Leute, das müsst ihr euch ansehen!", rief ein Templer vom Ostturm mit dem Funkgerät und lachte. Alle, die den Funkspruch empfangen hatten, eilten nach oben auf die Wehrmauern und die Türme. Unter ihnen Jonas und Yakup.

„Was gibt es denn so Lustiges?", fragte der große Türke. Der Templer gab ihm den Feldstecher und antwortete.

„Da, die Staubwolke. Also entweder ist der Fahrer sturzbesoffen oder er hat seine erste Fahrstunden bei Jonas gemacht. Anders kann ich mir den Fahrstil nicht erklären."

Yakup sah durch den Feldstecher und schmunzelte. Er reichte das Teil an seinen Freund weiter.

Ein Fahrzeug raste mit Vollgas auf die Festung zu. Es schlingerte, tauchte in Unebenheiten ein und dann wieder auf, dann verschwand es in einer Vertiefung. Sand und Wasser spritzte hoch, wie bei einem Bombeneinschlag. Eine Minute lang tat sich nichts. Absolut gar nichts. Das Fahrzeug war verschwunden.

„Ich glaube, lustig ist da jetzt nichts mehr. Sieht aus, als wäre der Wagen zerschellt.", murmelte Jonas bestürzt. Doch plötzlich tauchte das Auto wieder auf. Es hob ab. Die Entfernung hatte sich verringert, so dass das Auto nun auch ohne Fernglas zu erkennen war. Es zog in der Luft eine Staub- und Sandwolke hinter sich her, schlug hart auf und Teile flogen davon. Der Mercedes drehte sich ein paarmal um die eigene Achse und es war zu erkennen, dass es ein Streifenwagen war. Das Polizeiauto blieb kurz stehen, das Blaulicht und die Sirene gingen an, dann fuhr der Wagen wieder los.

„Ich wusste gar nicht, dass wir solche Flaschen im Dienst haben. Die Straße ist nur vier Meter neben dem Acker.", murmelte Jonas amüsiert.

Er und Yakup sahen sich augenrollend an.

„Denkst du auch, was ich denke?", fragte der große Türke.

„Also unsere Mädels sind schon mal außen vor." Jonas nickte und ging zur anderen Seite der Aussichtsplattform. Er beugte sich über die Brüstung und rief in den Innenhof.

„Mach mal eine ordentliche Pizza klar. Da kommt jemand mit derben Kohldampf!" Der Polizist kam zurück zu seinem Freund.

„Der Frau sollte man echt den Lappen abnehmen!", knurrte er, konnte sich aber ein Grinsen nicht verkneifen.

„Welchen denn? Sie hat doch gar keinen.", antwortete Yakup.

Der Streifenwagen hob noch einmal ab, rammte einen Laternenpfahl, krachte durch die danebenstehende Bushaltestelle und bohrte sich mit der Schnauze in den Acker. Sekundenlang blieb der Wagen kerzengerade in dieser Position, bis er wie in Zeitlupe langsam aufs Dach sank. Die Sirene gab quälend und leiser werdend ihre letzten Töne von sich, schließlich verstummte sie ganz. Ein paar Templer rannten zu der Unfallstelle, die ungefähr zehn Meter vor dem Burggraben lag. Die Fahrertür wurde von innen aufgestoßen. Eine etwas zerzauste Frau stieg aus und stützte sich an dem Wrack ab. Nun öffnete sich auch die Beifahrertür und eine Brünette krabbelte auf allen vieren heraus, gefolgt von einem schwanzwedelnden Chihuahua. Sie schaute zum Turm hoch und sah die lachenden Männer.

„Ja ja, Jonas Drake. Lach du nur! Das war der schlimmste Ritt aller Zeiten!", rief sie.

„Ja was denn? Wir sind immerhin im Ganzen angekommen.", meuterte die blondgefärbte Fahrerin. Die Templer stützten die beiden Frauen, die etwas wackelig auf den Beinen waren. Sie hatten gerade die Zugbrücke erreicht, da explodierte das Auto. Die Ritter und die beiden Frauen zuckten zusammen und die blonde drehte sich um.

„Oops ... war ich das etwa?"

„Tara, das kannst du dem alten erklären, ich bin da raus!"

„Julia, warum bist du eigentlich immer so empfindlich in letzter Zeit?"

Die Sekretärin sah die Telefonistin grimmig an und mit rasselnden Geräuschen wurde die Zugbrücke hochgezogen. Dann drehte sie sich um.

„Solange du das da nicht geklärt hast, kenne ich dich nicht!" Sie zeigte auf das brennende Auto.

„Ach ... schon vergessen, dass wir zusammen zur Schule gingen und seit einigen Monaten auch Kolleginnen sind?"

Julia Braun sah Tara Milano nur finster an und setzte ihren Weg fort.

Von der Coolness und humorvollen Art der Frau war schlagartig nichts mehr übrig.
Sie schluchzte und wischte sich Tränen aus dem Gesicht. Sie war völlig aufgelöst. Jonas stellte Tara und Julia jeweils einen Kaffee hin. Er nahm Taras Hand.

„Nun erzähl mal. Was ist passiert, dass du ein Polizeiauto klaust und es zu Klump fährst?" Er sprach so sanft wie möglich mit ihr.

„Ich meine, du hast ja schon Dinger gebracht, die so manche in die Verzweiflung getrieben haben, aber was hat dich da geritten?"

Julia war im Gegensatz zu ihrer Freundin relativ gefasst und ergriff das Wort.

„Diese Zombies, oder was das auch immer sind, veranstalten in der Stadt ein regelrechtes Massaker. Kein Mensch kommt mehr rein noch raus. Überall brennen die Scheiterhaufen. Die, die noch konnten haben Itzehoe verlassen.", erzählte die Sekretärin. Jonas und Yakup hatten die Frau damals eingestellt, nachdem Vanessa Klamps verschwunden war und sie nach ihrer Rückkehr zur Polizei im Team behalten.[1] Tara Milano war zu dem Zeitpunkt noch bei der Polizei in Schleswig als Telefonistin in der Zentrale, wurde aber wegen ihrer Fähigkeit als Telefonblockade nach Itzehoe strafversetzt. Julia Braun setzte ihren Bericht fort.

„Es war die Hölle. Überall Scheiterhaufen, verstümmelte Leichen, brennende Menschen ... Als wir die Polizeistation erreichten, fanden wir auch dort nur noch Tote vor. Da haben wir uns die Karre geschnappt und wollten nur weg. Ich wusste ja nicht, dass Tara weder Führerschein, noch Fahrpraxis hatte."

„Das ist ja eh egal. Unter diesen Umständen ein Ticket oder so zu erteilen wäre sinnlos und überflüssig. Das Wichtigste ist doch, dass ihr es lebend hierher geschafft habt." Julia sah drei Frauen, die den Speisesaal betraten.

„Wer sind denn die?" Jonas drehte sich um und winkte die Drei heran.

„Das sind Maya Zander, ein Waldgeist, Solveig Gunnarsson, eine Schamanin und Isabella Konrad, eine Hexe. Isabella ist außerdem die Mutter von Mia.", stellte Jonas sie vor.

„Die momentan nicht so gut auf mich zu sprechen ist.", murmelte die rotblonde Frau. Julia sah sich die Hexe mit dem Ledermantel genau an.

„Waffen aus dem US-Bürgerkrieg, Kavalleriestiefel ... und das im Besitz einer Frau?"

„Und Sie werden es nicht glauben. Ich kann damit sogar umgehen.", erwiderte sie kalt.

Julia sah, wie Maya sie angrinste.

„Warst du nicht vor kurzem noch ..."

„Eine ziemlich abgemagerte Erscheinung? Japp, das war ich. Aber dank Isabella bin ich geheilt."

Julia erhob sich und zog Jonas am Ärmel vom Tisch weg.

---

[1]   „Dämmerung – Showdown an der Ostsee"

„Die Frau ist mir unheimlich. Mit der stimmt doch was nicht.", flüsterte sie.

„Theoretisch ist sie sowas wie meine Stiefschwester. Aber, wenn du zwanzig Jahre in der Hölle warst, bist du mit Sicherheit auch nicht gleich allen gegenüber freundlich gesinnt die dir begegnen."

„Oh, das wusste ich nicht."

„Na ja, egal. Als Zeichen ihres guten Willens hat sie Maya und Solveig wieder auf die Beine geholfen. Sie nannte es ein *Gastgeschenk*."

„Und wieso ist Mia auf sie nicht gut zu sprechen?"

„Sie dachte ihr Leben lang, ihre Mutter sei tot und plötzlich steht sie quicklebendig vor ihr. Von einem gewissen Standpunkt aus kann ich sie verstehen. Aber mal was anderes, hast du zufällig erfahren, wer diese Monster sind, die Itzehoe verwüsten?"

„Nein. Aber sie sehen aus wie Musketiere, so von den Klamotten her. Und da war noch eine achte Gestalt. Sie trug eine silberne flache Maske."

„Der Annihilator!", knurrte Jonas.

„Du kennst ihn?"

„Allerdings! Ich bin ihm schon früher begegnet."

„Er ist eine Bestie, eine reine Tötungsmaschine."

„Und es kommt noch dicker! Die Schlachten hier und auf Fehmarn damals waren nur so eine Art Training. Die boxen sich gerade warm für die nächste Runde."

„Was?", fragte Julia geschockt.

„Ja. Du und Tara hattet verdammtes Glück, dass ihr es noch hierher geschafft habt. Und auf die Hilfe der Mädels können wir nicht bauen. Delia ... Delia ist tot, Yasmina, Sarah und Ariel noch vermisst."

„Das sieht nicht gut aus ..."

„... auch Bastet ist seit ihrem Aufbruch um Yasmina, Sarah und Ariel zu suchen verschwunden. Sucellus lebt ebenfalls nicht mehr."

Julia sah den Polizisten betroffen an und schluckte hart.

„Und was ist mit Caldor, Naresa und Damona?"

„Damona hat die Führung über ein gewaltiges Dämonenheer übernommen und bereitet ihre Truppen auf eine mögliche Schlacht vor. Caldor und sein Bruder Kyle haben sich auf die Suche nach unseren verschwundenen Mädels gemacht und Naresa versucht ihr Volk zu mobilisieren. Hier sind nur noch Anya, Mia, ihre Mutter, Maya und Solveig. Myrddin, Lucius und Lilith sind zurück nach Avalon. Die tüfteln da etwas aus. Grob gesagt, wir sind auf uns allein gestellt."

Julia sah geknickt zu Boden.

„Und ich hatte gehofft, nach Fehmarn hätten wir es überstanden ..."

„Das hatten wir alle gehofft.", murmelte Jonas.

Mundussilvarum

Im letzten Augenblick verhinderte Kyle Argenti das Öffnen des Portals. Die Dryaden sahen ihn misstrauisch an.

„Mein Bruder teilte mir eben mit, dass die Portale durch das Eingreifen Asmodeus direkt in die Hölle führen. Er will alle vernichten, die ihm in die Quere kommen könnten."

„Und was können wir dagegen tun?", fragte Pulchra. Das Mädchen sah den Silberdämon ratlos an.

„Vorerst gar nichts. Wir sitzen hier erstmal fest.", antwortete Kyle resignierend und setzte sich auf einen moosbewachsenen Baumstamm.

Tandara

Nach weiteren Stunden hatten sie ein großes Tor in der Mauer erreicht. Es war verkohlt und Rauch stieg auf. Bastet und Horus sahen sich an.

„Irgendwas stimmt hier nicht.", flüsterte der Falkengott. Bastet nickte bestätigend. Yanara und Ahmed schlossen am Ende ihrer Kräfte zu den beiden Göttern auf.

„Was ist denn hier passiert?", fragte die junge Frau. Ahmed schritt auf das Tor zu und berührte es. Es brach in sich zusammen und das Quartett konnte in das Innere des ummauerten Gebietes schauen.

Rauchsäulen stiegen aus den kleinen Häusern und es roch nach verbranntem Holz und Fleisch. Der Gestank des Todes machte sich breit. Auf Pfählen und umgedrehten Speeren, die in den Boden gerammt waren, steckten die Köpfe enthaupteter Menschen und Kreaturen. Die verstümmelten und verbrannten Körper lagen verstreut in den schmalen Gassen zwischen den Häusern. Ein einsamer Falke zog seine Runden und kam im Sturzflug auf Horus zu. Er streckte den Arm aus und der Raubvogel landete auf dem Handgelenk des altägyptischen Gottes. Er sah ihn an und zwitscherte und krächzte aufgeregt.

„Was hat er gesagt?", fragte Yanara.

Noch immer geschockt vom Anblick der Toten übermannte sie die Übelkeit und sie übergab sich.

„Musst du dir gerade jetzt was durchn Kopf gehen lassen?", stichelte Horus.

„Also wenn ich dir erzählen würde, was ich in den Jahrtausenden alles gesehen habe, du würdest aus dem Reihern nicht mehr herauskommen.", fuhr er fort. Yanara sah ihn nur böse an, ohne ein Wort zu sagen. Horus merkte, dass er die junge Frau auf dem falschen Fuß getroffen hatte, und zog es vor, zu schweigen.

„Wer war das und ... was ist hier passiert?", fragte Ahmed. Er sah sich angewidert die aufgespießten Köpfe an.

„Wer ist zu so etwas fähig?", krächzte er.

„Mein kleiner Freund hier sagt, es waren Dämonen! Angeführt von einem gehörnten Mann!", erklärte Horus und zeigte auf den Falken auf seinem Unterarm.

Bastet sank erschüttert auf die Knie. Der Falkengott hat seine Schwester noch nie so verzweifelt gesehen.

„Wie kann das nur sein? Diese Dimension galt als verschollen. Niemand konnte auf direktem Wege hierher ... Diese Welt war sicher.", stammelte sie schluchzend.

„Oh nein ...", stöhnte Ahmed. Bastet, Horus und Yanara schauten zu dem Priester, der blass vor zwei Speeren stand. Der Blick war ihnen verwehrt, deshalb gingen sie zu ihm und starrten geschockt auf seine Entdeckung. Es waren die Köpfe von Samira und Anoksunamun.[1]

Mundussilvarum

Mit brachialer Gewalt schlug der Blitz in der Lichtung ein. Moos, Gras und Erde wurden hochgewirbelt. Eine Druckwelle fegte alle bei Seite, die sich in der Nähe des Einschlags aufhielten. Es dauerte einige Minuten, bis sich der Staub gelegt hatte. Pulchra erhob sich als Erste, um zu schauen, was da soeben geschehen war. Ein tiefer Krater war entstanden, in dessen inneren vereinzelt Flammen loderten. Nicht sehr groß, aber ausreichend, um sie zu erkennen. Durch den aufsteigenden Rauch konnte die Dryade nicht viel erblicken. Dann sah sie ein blassleuchtendes Licht auf sie zu kommen. Eine Hand zuckte aus dem Krater hervor, hielt einen Behälter fest und stützte sich am Rand ab. Instinktiv griff die Waldnymphe nach dem Arm und half der Kreatur aus dem Krater.

---

[1] „Königin der Wölfe – Das Grab im Wüstensand"

Nun erwachten auch die anderen aus ihrer Starre. Die finstere Gestalt erhob sich, hielt den Behälter nach wie vor fest umklammert und sah sich um. Sie erblickte Tom, der von einem abgesplitterten Ast aufgespießt da lag und blutspuckend und kurzatmig beobachtete, wie die Gestalt auf ihn zuschritt. Er erkannte den römischen Brustpanzer wieder. Diesmal hatte der Hüne keine Kapuze auf und Tom konnte das Gesicht mit den rot leuchtenden Augen erkennen. Lockiges blondes Haar umrandete sein Antlitz. Pulchra erschrak, als sie erkannte wem sie soeben geholfen hatte. Vor Angst wich sie zurück und wurde von einem Baum in ihrem Rücken gebremst. Sie kam nicht mehr weiter und zitterte vor Angst. Der Hüne lächelte sie kurz an und stapfte direkt auf den im Sterben liegenden Tom zu.

Die Dryade warf sich schützend vor den älteren Mann und schrie:

„Nur über meine Leiche wirst du ihn bekommen, Luzifer!"

Unbeeindruckt packte die Gestalt die Nymphe an den Hüften und stellte sie zwei Meter neben den Mann auf den Boden.

„Äh ...", raunte sie sprachlos. Erfreut noch am Leben zu sein, sah sie gebannt zu, was der Höllenherrscher machte.

Der Ast war armdick und ragte um eine Armlänge aus Toms Brustkorb. Der Hüne zog den bewusstlosen Mann vom hölzernen Dorn ab und legte ihn davor ab. Eine Hand legte er auf seine Stirn, die andere auf die klaffende Wunde. Kyle richtete seine mit Silberkugeln geladene Maschinenpistole auf den Erzdämon. Sein Finger zog sich langsam um den Abzug, doch plötzlich hielt er inne und sicherte die Waffe.

Die Hände Luzifers glühten auf und hüllten Tom in ein grelles Licht. Sein Körper schwebte für einige Augenblicke, dann sackte er wieder sanft auf den Boden und der Spuk war vorbei. Der Mann öffnete seine Augen und streckte seine Hand dem Hünen entgegen.

„Danke.", murmelte er. Luzifer nickte und brach zusammen. Das rote Leuchten in seinen Augen flackerte und erlosch. Aus unzähligen Stellen seines Körpers rann schwarzes Blut. Tom drehte den Höllenfürsten auf den Rücken. Er sah den alten Mann an und sagte lächelnd:

„Nun habe ich dir zum zweiten Mal dein Leben gerettet. Langsam finde ich ... gefallen daran." Das Sprechen fiel ihm zunehmend schwerer. Er packte Toms Unterarm.

„Rette die Deinen und zerstöre ihn!", flüsterte er, zeigte auf den leuchtenden Behälter und sackte wieder weg. Im Zeitraffer vertrocknete sein Körper bis nur noch eine mit Beulen übersäte Mumie da lag. Ein blaues Licht verließ den ausgedörrten Leib und verharrte darüber. Eine durchscheinende Gestalt entstand. Sie streckte die Arme aus, weiße Flügel wuchsen aus dem Rücken und breiteten sich aus. Der Hüne legte seinen Kopf in den Nacken und schrie:

„Endlich Erlösung!" Er sah zu den Anwesenden hinunter.

„Das Schicksal aller liegt nun in deinen Händen, Tom. Zerstöre den Behälter und befreie die Auserwählte." Dann sah er wieder zum Himmel.

„Meine Brüder, ich komme heim.", sagte er und schoss als leuchtende Kugel in das Sternenzelt. Pulchra, Tom, Kyle und die anderen sahen dem Licht hinterher. Es wurde immer kleiner und als es nicht mehr zu sehen war, gab es einen lauten Knall. Für einen Augenblick war es taghell, dann herrschte Stille.

„Was war das?", fragte Pulchra Tom und klammerte sich an ihn. Er legte seinen Arm um ihre Schulter und sagte:

„Seine Erlösung. Er ist nun zu Hause ...", flüsterte er ehrfürchtig und schlug das Kreuzzeichen.

10. Der Weg der Hexe

Festung Tempeldorf, Itzehoe
Jonas fühlte sich in die Zeit zurückversetzt, wie zu jenem Zeitpunkt als die erste Schlacht um Tempeldorf tobte. Um die Festung herum öffneten sich Dimensionstore und tausende Dämonen und anderes Höllenvolk traten in diese Welt. In weiter Ferne brannten Städte, ganze Landstriche, alles wurde von Asmodeus Truppen dem Erdboden gleichgemacht. Der letzte Scout kam vor einer Stunde zurück und meldete, dass Itzehoe nicht mehr existierte. Drei riesige Feuerpilze, die über den Überres-

ten der Stadt aufstiegen, untermauerten die Aussage des Templers.

„Diesmal gibt es keine Ariel die uns mit einer Geisterarmee hilft, oder ein Magier der uns zu einem Fluchtpunkt führt ...", seufzte der Polizist. Daria legte ihren Arm um ihn. Das Gargoylemädchen spürte seinen Seelenschmerz.

„Am Ende des Tages bist du nicht allein.", flüsterte sie ihm ins Ohr. Er lächelte sie an und nahm ihre Hand. Ein Rauschen und Brummen ließ sie nach oben schauen. Eine Feuerkugel raste auf die beiden zu und wurde immer größer. Daria stellte sich schützend vor Jonas und verwandelte sich in den Gargoyle, der sie in ihrer Urgestalt war und legte ihre Flügel wie einen Kokon um ihn. Die Kugel schlug auf der Plattform des Turms ein. Für einen Augenblick sah er, wie das Gargoylemädchen brannte, das Fleisch fiel von den Knochen und die zerfielen zu Asche, dann trafen ihn die Hitze und der Schmerz. Dunkelheit umgab ihn und es war vorbei ...

Anya schrie auf vor entsetzen, als sie sah, wie die Aussichtsplattform von Feuer umhüllt wurde, Daria und Jonas in der Wolke verglühten und ihre Asche herabrieselte.

Die Feuerkugel war die Vorhut, denn von da an schlugen unzählige der riesigen brennenden Bälle ein und legten die Festung in Schutt und Asche. Anya schrie nach John, aber er antwortete nicht. Sie rannte zum Speisesaal, denn da hatte sie ihn zuletzt gesehen. Bevor sie das Wirtschaftsgebäude erreichen konnte, schlug eine weitere der riesigen Feuerkugeln im Innenhof ein. Die Druckwelle fegte sie um wie einen Grashalm. Sie stieß sich den Kopf an der steinernen Umrandung der Eibe und wurde bewusstlos.

Tandara

Sie starrten die Köpfe der beiden Frauen an und Ahmed sank auf die Knie. Erst kullerten nur ein paar Tränen über sein Gesicht, dann brach er innerlich zusammen und weinte bitterlich. Seine Schwester Samira war tot. Mit weit aufgerissenen Augen und Mund starrte der Kopf des Mädchens ihn an ebenso wie Anoksunamun, die Priesterin, in die er sich damals verliebt hatte. Bastet berührte ihn an der Schulter.

„Ahmed, steh auf und beruhige dich.", redete sie sanft auf ihn ein.

„Mich beruhigen? Meine Schwester ist tot und die Frau die ich liebe auch. Wie soll ich mich da beruhigen?", fauchte er seine Herrin an.

„Sie hat Recht mein Freund.", sagte Horus.

„Na toll! Mit eurem Taktgefühl wärt ihr echt lausige Psychiater!", schnauzte Yanara die beiden Götter an. Sie ging zu dem immer noch knienden Mann und nahm ihn in die Arme.

„Leute, nun kommt mal wieder runter. Fällt euch denn gar nichts auf?", fragte Horus.

„Was denn außer Tod und Leichen? Was soll uns denn auffallen?"

„Keine Überreste von Dämonen, Vampiren, Zombies und sonstigem Gesocks. Keine Asche, keine Knochen, selbst die Häuser sind nur angesengt, nicht verbrannt, obwohl sie aus Lehmziegeln sind.", sagte der Falkengott.

„Es ist nicht echt, es ist nur eine Illusion." In diesem Moment lösten sich die Köpfe, Leichen und Speere in Luft auf. Die Häuser erstrahlten in ihrem alten Glanz und um sie herum tobte das Leben.

„Da wollte uns jemand in die Irre führen.", ergänzte Horus. Die Luft flirrte und eine Feuerwolke entstand, aus der zwei Personen heraus kamen. Ein bärtiger Mann, dem Hörner aus der Stirn wuchsen sowie eine ebenfalls gehörnte Frau mit langen roten Haaren. Asmodeus und Callista sahen den Falkengott und seine Schwester an. Die beiden Menschen beachteten sie gar nicht.

„Schade das ihr meinen kleinen Trick durchschaut habt. Ich hätte so gerne gesehen, wie der Kleine da sich vor Verzweiflung ein Ende setzt.", ätzte der Fürst der Finsternis lachend.

„Aber egal. Eure Freunde sind vernichtet und das ist mir Genugtuung genug. Somit bin ich Herrscher über alle Dimensionen, alle Welten und kann tun und lassen, was ich will. Niemand steht mir mehr im Weg." Er lachte irre.

Was Horus irritierte war, dass die Rothaarige da stand ohne Anteilnahme am Triumph des dunklen Fürsten zu nehmen.

Bastet sah ihn finster an.

„Was ist mit meinen Freunden in der Komturei und wo sind meine Tochter und meine Enkelin?", knurrte sie.

„Welche Komturei?" Asmodeus rieb sich am Kinn.

„Ach ... die. Ja die ist nur noch ein Haufen Krümel und Asche sowie alle, die in ihr lebten. Es war ein Hochgenuss zu sehen, wie sie brennend und schreiend umher rannten. Und nun werdet ihr ihnen folgen!", schrie er und warf mit Feuerbällen nach Bastet, Horus, Yanara und Ahmed. Die wichen aus und lösten sich in Luft auf.

„Spielverderber!", knurrte er.

„Das die sich aber auch immer wehren müssen.", zischte er verächtlich.

„Aber nicht weiter wild. Ich weiß ja wo die hinwollen." Die Flammenwand erschien erneut und Asmodeus verschwand darin.

„Brauchst du eine Extraeinladung?", kam die Frage aus dem Feuerportal.

Callista drehte sich um und folgte ihrem Vater. Ihr gefiel nicht, was er tat, ließ sich aber nichts anmerken.

Der beißende Gestank von verbranntem Fleisch und Rauch lag in der Luft. Durch den ätzenden Geruch wachte Anya auf. Sie wollte sich aufrichten, aber ihr wurde schwindelig, woraufhin sie in die liegende Haltung zurücksank. Nach ein paar Minuten ebbte der Brummschädel ab. Sie sah sich um und überlegte, ob es Tag oder Nacht war, wobei das kaum einen Unterschied machte, denn es war seit Tagen finster. Dichte Rauchschwaden stiegen gen Himmel. Nur der orangerote Feuerschein spendete Licht. Anya erhob sich und ein stechender Schmerz im Oberschenkel ließ sie zusammenzucken. Sie fasste sich sofort dahin und fühlte eine klebrige Flüssigkeit. Sie sah auf die Innenfläche ihrer Hand und erkannte, dass es sich dabei um Blut handelte. Ihr Blut. Ein Blitzen im Feuerschein ließ sie erkennen, dass ein Dolch in ihrem Oberschenkel steckte, der mit der Klingenspitze auf der Rückseite herausragte.

„Na herrlich! Hexe am Spieß! Öfter mal was Neues.", murmelte sie. Auf dem Boden sah sie einen knorrigen Wanderstab liegen. Er war größer als sie und hatte leichte Brandspuren. An seinem Kopfstück war ein Kristall eingebettet.

Oh nein!, schoss es ihr durch den Kopf.

Bitte nicht. Hatte es Myrddin oder Lucius erwischt?

Sie hatte mal davon gehört, dass der Kristall erlischt, sobald der Besitzer starb. Sie bückte sich nach dem Stab, aber ihr linkes Bein gab nach und sie fiel nach vorn. Sie schrie auf vor Schmerzen, denn der Dolch drehte sich durch den Aufprall in der Wunde. Sie rollte sich auf den Rücken und versuchte, den Wanderstab zu greifen. Sie zog sich mühsam hin, indem sie ihre Hand in den Boden krallte. Die Schmerzen wurden immer unerträglicher. Kalter Schweiß lief über ihre Stirn. Ihr Bein wurde taub. Sie hatte auf einmal kein Gefühl mehr darin. Die junge Hexe zog es hinterher wie ein totes Stück Fleisch, das nur noch als notwendiges Übel an ihrem Körper hing. Sie erreichte den Wanderstab, konnte ihn mit der Hand umschließen, aber dann verließ sie die Kraft und sie wurde bewusstlos. Dass der Kristall in dem Moment, in dem sie den Stab berührte, schwach leuchtete, bekam sie nicht mehr mit.

Zwei Stunden später

Als Anya erwachte, saß sie mit dem Rücken an die Steinumrandung in der Mitte des Innenhofes der Festung gelehnt. Sie schaute hoch und sah die Eibe. Sie war unversehrt und hatte den Angriff überstanden. Die junge Hexe seufzte erleichtert. Es war ein Zeichen, dass Naresa noch lebte, wo auch immer sie war. Sie drehte sich leicht und berührte den Baum. Kleine Blitze schossen aus ihm und drangen in den Arm der Hexe ein. Es tat nicht weh. Im Gegenteil. Die Eibe schien ihre Kraft auf Anya zu übertragen, denn sie wurde je länger sie das große Gewächs berührte kräftiger und die Schmerzen wurden weniger. Sie schaute auf ihre Beine und sah, dass das linke Hosenbein bis zur Leiste aufgerissen war und ein Verband sich um die Wunde herum befand. Jemand musste sie medizinisch versorgt haben, während sie bewusstlos war. Der Wanderstab lag neben ihr und der Kristall leuchtete. Das verwunderte sie doch sehr, denn es hieß, der Kristall zeigte sein Licht und seine Kraft anfangs nur seinem Besitzer. Sie hob ihn auf und die Blitze gingen über ihren Körper in den Stab. Sie erhob sich ohne Probleme und absolut schmerzfrei. Anya schaute an sich herunter und bemerkte, dass sie völlig verdreckt war. Ruß, Staub, Blut und Schweiß klebten an ihr.

„Ein Königreich für eine Dusche und saubere Klamotten.", murmelte sie. Ein Lichtschweif sauste um sie herum wie ein Tornado und Sekunden später roch sie frisch und trug ein dunkelblaues fast schwarzes Kleid. Ein Funkeln erregte ihre Aufmerksamkeit. Der Dolch, der vorhin noch in ihrem Bein steckte, lag neben ihren

Füßen. Sie hob ihn auf und erschrak. Es war der Dolch von Caldor. Sie wusste auch, wer ihn zuletzt hatte.

„Damona? Naresa? Seid ihr hier?", fragte sie verunsichert. Auch nach weiteren Versuchen bekam sie keine Antwort. Erstmals schaute sie sich ausgiebig in der Festung um. Der Ostflügel stand in Flammen, der Turm war eingestürzt. Dann erinnerte sie sich daran, wie Daria und Jonas verbrannten. Die Erinnerungen kamen alle zurück. Sie schaute zum Wirtschaftsgebäude, in dem auch der Speisesaal einst war. Jetzt lag alles in Trümmern und vereinzelt züngelten Flammen hervor.

Langsam schritt sie darauf zu und entdeckte einen qualmenden Gehstock, an dem sich eine verbrannte Knochenhand festklammerte. Tränen liefen ihr über das Gesicht. Sie fiel auf die Knie.

„John?", krächzte sie fragend. Jetzt brach alles aus ihr heraus. Trauer, Wut, Zorn, Hass, das volle Programm. Ihre Augen glühten blutrot auf, ihre roten Haare flatterten, als würde sie sich in einem Sturm befinden. Sie legte ihren Kopf in den Nacken und schrie ihren Schmerz, ihre Ohnmacht heraus. Der gellende langanhaltende Schrei schwebte über das gesamte Gelände. Sie rammte den Wanderstab in den Boden und erhob sich. Zeitgleich ging ein Beben durch das Erdreich. Mit hasserfülltem Blick in den rotleuchtenden Augen drehte sie sich um und begab sich zum Haupttor der einstigen Templerfestung. Hinter ihr explodierte alles mit jedem Schritt, den sie machte. Mit einer Bewegung ihrer linken Hand zog sie einen magischen Schutzschild um die Eibe. Als sie die Zugbrücke erreichte, zerstörte sie Reste der Festung endgültig. Eine gigantische Feuerwalze bahnte sich ihren Weg und verzehrte alles auf ihrem Weg. Im Umkreis der Ruine stand alles in Flammen. Aus diesem Meer von Feuer trat ein rotes Leuchten. Anya schritt langsam aus der Flammenwand hervor. Sie hatte alles verloren. Ihren Liebsten, ihre Freunde, ihre Gefährten, ihr zu Hause, einfach alles. Aus der ehemals lieben und sanftmütigen Hexe war ein zu allem entschlossener Racheengel geworden, der nur eines im Sinn hatte: Vergeltung!

Die beiden Gestalten am Waldrand, die sie beobachteten, sah sie nicht. Sie sahen einander an und schauten dann der Hexe hinterher.

„Ob sie jemals wieder zu sich selbst finden wird?"

„Keine Ahnung, aber deinen Lebensbaum hat sie mit einem Schutzzauber überzogen. Somit ist noch nicht jede Hoffnung verloren ..."

Naresa und Damona sahen zu der in Trümmern liegenden und brennenden Burg, in der nur ein Baum überlebte ...

Mundussilvarum

Tom veranlasste, dass der Leichnam Luzifers bestattet wurde. Manche waren damit nicht einverstanden, aber die meisten hatten Verständnis für seine Beweggründe, denn er verdankte ihm zweimal sein Leben.

Er sah sich den Behälter mit dem wabernden Inhalt an. Blau leuchtende Kugeln schwirrten darin herum. Wenn er die Hand auf die Außenfläche legte, sah es aus, als würden sie dagegen klopfen. Die letzten Worte des Höllenfürsten gingen ihm nicht aus dem Kopf.

Das Schicksal aller liegt nun in deinen Händen, Tom. Zerstöre den Behälter und befreie die Auserwählte.

Er wusste, dass die Mission die vor ihm lag, nicht einfach sein würde.

Wie soll ich das Ding zerstören und was passiert dann? Diese Frage ging ihm permanent durch den Kopf. Er traute sich nicht. Eine böse Absicht konnte seiner Meinung nach nicht dahinter stecken, da Luzifer bereits im Sterben lag, als er Tom darum bat den Behälter zu zerstören. In den letzten Blicken des Höllenfürsten konnte er die Gutmütigkeit eines guten Wesens erkennen, nicht den eines bösen Erzdämons.

„Worüber denkst du nach?", fragte Pulchra ihn und riss ihn somit aus seinen Gedanken.

„Ob ich das Richtige tue, wenn ich seinen Wunsch befolge.", gab er leise zurück.

„Wenn du es nicht tust werden wir es nie erfahren. Aber, was soll schon passieren? Viel schlimmer kann es nicht werden. Eine Welt nach der anderen fällt unter Asmodeus. Tandara ist auch gefallen."

„Die Welt der Portale.", flüsterte Pulchra betroffen.

„Der Lichtbringer hat uns um Hilfe gebeten und im Angesicht des Todes sagen allzuoft auch die Bösen die Wahrheit.", sagte eine Frau, die mit drei Begleitern die Lichtung betrat.

„Es ist nur eine Frage der Zeit, bis Asmodeus hier erscheint und sein Werk fortsetzt.", ergänzte sie.

„Und wer bist du?", fragte Tom erstaunt und sah die schwarzhaarige Frau in dem weißen durchschimmernden Leinenkleid, welches an der Taille mit einem breiten goldenen Gürtel zusammengehalten wurde.

„Ich bin Bastet und das sind mein Bruder Horus, mein Priester Ahmed und Yanara. Wir konnten noch knapp von Tandara entkommen.", erklärte sie. Sie sah den Behälter in Toms Händen und bekam große Augen.

„Woher hast du den?"

„Luzifer gab ihn mir, kurz bevor er starb, um ihn zu zerstören. Er sagte *das Schicksal aller liegt nun in deinen Händen, Tom. Zerstöre den Behälter und befreie die Auserwählte.* Nur habe ich mich bis jetzt nicht getraut.", äußerte er sich kleinlaut. Die Katzengöttin nickte. Sie kam auf ihn zu und berührte den Behälter. Die pulsierenden Kugeln hüpften immer wieder gegen ihre Hand. Sie schloss die Augen und konzentrierte sich. Nach ein paar Minuten sah sie den Rentner an.

„Wir müssen zurück in deine Welt. Nur dort kann und darf dieses Seelengefängnis zerstört werden.", sagte Bastet.

„Und ... warum nur da?", fragte Pulchra.

„Weil sich unser aller Schicksal dort erfüllen wird.", flüsterte sie geheimnisvoll und ihre Augen blitzten grün auf. Kyle Argenti stand auf und befreite sich von seiner Polizeiausrüstung. Mit nacktem Oberkörper stand er da und verwandelte sich in seine silberne Urgestalt.

„Ihr habt sie gehört, Leute. Bereitet alles vor." Er drehte sich zu Bastet um und ergänzte:

„Wir sind in einer Stunde bereit."

In einer Höhle in den Pyrenäen

Die rothaarige Hexe rammte den Wanderstab in den Boden, der daraufhin erzitterte und bebte. Der Kristall leuchtete grellrot auf und erhellte die Höhle. Das Leuchten des Edelsteins ging durch den Stab über in den steinernen Boden, die Wände und alles verformte sich. Es bildeten sich Säulen, ein Kreuzgewölbe und Fackeln in regelmäßigen Abständen an der Wand flammten auf. An der Stirnseite entstand ein Altar, an dessen Flanken sich riesige Ständer aus Metall mit Feuerschalen bildeten. Das Leuchten des Kristalls ging zurück, bis er nur noch schwach glimmte.

Anya legte den Stab vor den Altar und zog sich aus. Nackt stand sie da. Der Feuerschein ließ ihre blasse Haut golden glänzen. Das schummrige Licht umschmeichelte ihren schlanken Körper. Ihre langen roten gelockten Haare reichten bis zu ihrem knackigen Hintern. Ihre festen Brüste hoben und senkten sich bei jedem Atemzug. Jeder Mann, der sie so hätte sehen können, wäre ihr verfallen. Aber sie wollte nur einen. Sie wollte ihren John, den sie über alles liebte zurück. Alles, was ihr von ihm geblieben war, war eine verkohlte Hand und sein verbrannter Gehstock. Beides legte sie auf den Altar.

Sie erinnerte sich daran, wie John Craven sie damals in dem Möbelhaus fand und rettete, nachdem sie aus ihrer Welt Terrastone floh, bevor diese unterging. Es war bei ihnen Liebe auf den ersten Blick.

Sie hob den Stab auf und streckte ihn mit den Händen in die Höhe.

Sie schloss ihre rotglühenden Augen, senkte den Kopf und rief:

„Ihr Götter, ich flehe euch an: Gebt mir meinen liebsten zurück."

Dann murmelte sie etwas in einer fremden Sprache. Eine alte Sprache die seit Jahrhunderten, wenn nicht Jahrtausenden nicht mehr gesprochen wurde.

Immer wieder sprach sie gebetsmühlenartig die Beschwörungen, aber es tat sich nichts. Sie sank erschöpft zu Boden. Durch die Anstrengungen glänzte der Schweiß auf ihrem atemberaubenden Körper wie Gold. Nur das Knistern der Flammen in den Feuerschalen und an den Fackeln war zu hören. Sie schaute zum Eingang des von ihr erschaffenen Tempels und sah ein schwaches Leuchten eintreten. In den letzten Tagen war es durchgehend finster, daher kam es ihr komisch vor, dass sie einen Sonnenaufgang sah.

Was war passiert? Sie stand auf und ging zu dem großen Torbogen. Sie atmete die frische Morgenluft tief ein. Die Sonnenstrahlen streichelten ihre blasse Haut und wärmten sie. Anya setzte sich auf einen Findling am Höhleneingang und sah dem Schauspiel zu. So starrte sie den ganzen Tag auf die Wälder unter ihr. Am Abend ging die Sonne wieder unter und die Dunkelheit kehrte zurück. Sie saß noch weitere Stunden so da und blickte hinauf in den sternklaren Himmel.

Ein Windhauch traf sie im Rücken. Als wolle er sie wärmen umhüllte er sie. Die junge Hexe stand auf und ging mit dem Wanderstab zurück in den Tempel. Plötzlich wurden die Flammen in den Schalen und an den Fackeln größer und heller und erloschen schlagartig. Totale Finsternis umgab sie.

Zwei rote Punkte leuchteten an der Wand der Stirnseite auf. Sie formten sich zu Augen. Die Fackeln und die Feuerschalen flammten wieder auf und sie sah eine Silhouette um die Augen herum. Es war der Schatten eines Kopfes, der aussah, als trüge er eine Kapuze.

„Du wirst weitaus mehr als nur deinen Liebsten zurückbekommen, wenn du deine Bestimmung erfüllst.", sprach eine dunkle Stimme. Sie klang düster, aber auch angenehm.

„Welche Bestimmung?", fragte sie zaghaft. Auf dem Altar erschienen mit einem Flirren zwei Stierhörner.

Nach einem Moment sagte die Stimme:

„Bringe sie der Auserwählten und beschütze sie."

„Aber woher weiß ich wer das ist?"

„Sie wird dich erkennen und dich nach den Hörnern fragen. Bringe sie ihr und vernichtet Asmodeus!" Dann verstummte die Stimme. Der verbrannte Gehstock und die verkohlte Knochenhand lösten sich auf.

Anya schloss die Augen und eine Träne kullerte über ihre Wange, gefolgt von einer Zweiten, die sich mit der anderen am Kinn traf und dann zu Boden fiel. Ein blassblaues spinnennetzartiges Leuchten zog sich unter ihr in die entgegengesetzte Richtung. Es wanderte unter ihren Knien entlang, aber das registrierte sie kaum.

„Äh ... könntest du mich mal in den Arm nehmen?", fragte eine Männerstimme hinter ihr. Anya riss die Augen auf. Sie glühten nicht mehr rot, sondern strahlten blaugrün. Sie drehte sich ruckartig herum und rannte auf den Mann zu. Sie sprang ihn an und beide fielen zu Boden. Zum Glück war er an jener Stelle sandig und weich.

Sie küsste ihn leidenschaftlich und innig. Sie riss ihm die Klamotten vom Leib.

„John, mein Liebster. Ich habe dich so vermisst.", hauchte sie ihm stöhnend ins Ohr.

„Und ich erst...", antwortete er. Sie umarmten sich und küssten sich, wie ausgehungerte Tiere, die über ihre Nahrung herfallen. Sie übersäte seinen ganzen Körper mit Küssen. Er verdrehte erregt die Augen und stöhnte, als sie unterhalb der Gürtellinie stoppte. Er spürte ihren warmen weichen Mund und konnte sich nicht mehr zurückhalten, aber das wollte er auch gar nicht.

Die beiden lagen anschließend noch eine Weile auf dem herbeigezauberten Moosbett und sahen dem Sonnenaufgang entgegen. Anya umarmte John und küsste ihn leidenschaftlich.

„Ich lass dich nie wieder allein.", flüsterte sie. Er sah sie verliebt an und grinste.

„Was ist? Warum grinst do so?", fragte sie lauernd.

„Schatz, ich war doch nur eben Zigaretten holen. Das war doch weder schlimm noch lang.", antwortete er. An ihrem Blick erkannte er, dass etwas geschehen sein musste.

„Was ... ist passiert? Was hast du nun wieder angestellt?"

„Nichts." Sie sah ihn traurig an, aber er verstand nicht warum.

„Ich möchte darüber jetzt nicht sprechen. Irgendwann vielleicht, aber jetzt möchte ich diesen Augenblick mit dir einfach nur genießen.", sagte sie leise. Er beließ es dabei, drückte sie liebevoll und küsste Anya auf die Stirn.

Sie wird schon ihre Gründe haben., dachte er und gemeinsam sahen sie dem Sonnenaufgang entgegen.

Mundussilvarum

Horus und Bastet leiteten mit Hilfe des Silberdämons die Evakuierung der Dryadendimension ein. Kyle holte gerade die Letzten ab, da schlugen riesige Feuerkugeln in der Lichtung ein. Zwei Waldnymphen gingen schreiend in Flammen auf. Der Silberdämon war entsetzt, schnappte sich die beiden letzten Wesen und verschwand.

Am Zielort angekommen sah er die entsetzten Gesichter der anderen Flüchtlinge. Er hasste sich dafür, dass er zwei von ihnen verloren hatte.

„Verdammt! Ich war nicht schnell genug. Ich habe zwei der Lebensbäume übersehen!"

„Mein Sohn, es ist bedauerlich, aber lässt sich nicht ändern.", sagte der alte Mann mit dem Kapuzenmantel.

„Meister Myrddin, ich weiß. Allerdings werde ich es mir nie verzeihen.", erwiderte er, ging an den Klippenrand der Insel und schaute auf das Meer. Er wusste zwar, dass sie hier in Avalon in Sicherheit waren, aber noch war es nicht vorbei. Eine der Waldnymphen, die ihm schon in Mundussilvarum schöne Augen machte, kam zu ihm und umarmte ihn. Sie küsste ihn auf die Wange.

„Du hättest es nicht verhindern können. Erfreue dich an den hunderten, die ihr retten konntet.", versuchte sie ihn zu trösten.

„Dafür sind wir euch unendlich dankbar." Sie legte ihren Kopf an seine Schulter und das erste Mal in seinem Leben fühlte er etwas, dass die Menschen Geborgenheit nannten. Myrddin beobachtete die Dryade und den Silberdämon, lächelte und ging dann zu den anderen.

„Herr David, mein Vater hat Ihnen etwas gegeben, das sehr wichtig ist."

Der alte Arzt sah ihn an und dann wusste er, was der Magier meinte. Er hob den Behälter hoch.

„Ja. Luzifer bat mich, dieses Ding zu zerstören. Ich habe aber keine Ahnung, ob das richtig ist."

„Doch, ist es."Myrddin sah ihn durchdringend an.

„Sie sind einer der wenigen Menschen, der mich, ohne etwas zu hinterfragen, nimmt, wie ich bin. Ich frage mich, wie das kommt."

„Bei dem, was ich in der letzten Zeit erlebt habe, wundert mich nichts mehr."

„Gute Antwort.", sagte der alte Magier lächelnd.

„Und nun werden Sie den Behälter zerstören, so wie es mein Vater von Ihnen erbat."

Tom sah ihn skeptisch an.

„Ehrlich gesagt habe ich Angst davor es zu tun. Warum ist es so wichtig?"

Myrddin räusperte sich und seine Stimme war rau.

„Ich möchte nicht, dass meine Tochter und mein Vater sich umsonst geopfert haben." Er hob seinen Stab in die Luft und der Kristall leuchtete hell auf. Blitze schossen daraus hervor in den Boden und Funken sprühten. Kniehoher Nebel stieg auf. Plötzlich zuckten aus zwei weiteren Ecken des Platzes Blitze in die Dunstwolke. Sie kamen aus einem gelben und einem roten Kristall. Alle sahen gebannt in die Richtungen, aus denen die massiven elektrischen Entladungen kamen.

„Vertrau mir, Thomas David. Du musst es jetzt tun!", forderte Myrddin. Tom sah ihn ratlos an.

„Und wie?"

„Nimm dein Amulett, lege es in die obere Vertiefung mit dem Symbol nach unten und zerschmettere das Gefäß!"

Der ältere Mann kam dem nach. Das Amulett verschmolz mit dem Behälter und leuchtete heller als zuvor. Er hob ihn hoch über seinen Kopf und warf ihn mit voller Wucht auf den Boden. Der wabernde Zylinder zerbarst in einer grellen Lichtwolke und acht blau leuchtende Kugeln schossen heraus. Sie nahmen kurz die Gestalt von vier Frauen und vier Männern an. Der Nebel löste sich auf und acht Menschen kamen zum Vorschein. Die Schemen tauchten in die Körper ein und die Blitze erloschen. Myrddin trat an die Frauen heran und sah sich um.

„Kommt näher.", sagte er und die anderen Gestalten mit den Kapuzenmänteln traten an die auf dem Boden liegenden Körper heran. Sie schoben ihre Kapuzen nach hinten. Es waren Anya und Lucius.

„Wie ich sehe, hat dich meine Botschaft erreicht.", sagte Myrddin zu der jungen Hexe. Sie sah ihn erstaunt an.

„Dann warst du das im Tempel?"

„Nein! Aber ich weiß, was dir am Herzen liegt, und ich musste verhindern, dass du einen Fehler begehst, den du nicht wieder hättest beheben können." In diesem Moment schoss eine weitere, aber kleinere Kugel aus den Überresten des Behälters hervor und knallte mit voller Wucht gegen die Stirn der jungen Hexe. Anya wurde nach hinten in eine Hecke geschleudert.

Nur ihre Füße schauten noch hervor.

„Verdammt! Was sollte das denn jetzt?", kam es fluchend aus dem Gebüsch. Sie quälte sich aus dem Gewächs heraus. John eilte herbei und half seiner liebsten wieder auf die Beine.

„Das war nicht witzig", knurrte sie und sah den Magier böse an.

„Aber notwendig.", antworteten Lucius und Myrddin synchron.

„Wa ... rum?", fragte sie vorwurfsvoll und langgezogen. Sie verschränkte die Arme vor ihrer Brust und sah die beiden Magier kampflustig an. Sie klopfte mit der Fußspitze hektisch auf dem Steinboden, welches ein gleichmäßiges Klackgeräusch erzeugte. Ihr Gesicht wurde langsam rot.

„Meine Herren, ich warte noch auf eine Antwort!", knurrte sie. Ihre Augen funkelten.

„Hach, sie ist soo süß wenn sie sich aufregt. Ihr Vater wird stolz auf sie sein", stichelte Myrddin und sah Lucius an.

„Mein Vater? Was?", fragte sie verblüfft.

„Alles zu seiner Zeit, mein Kind.", gab er geheimnisvoll von sich. Anya hingegen wurde immer wütender.

„Komm Schatz, lass gut sein.", sagte John, warf sich seine Lebensgefährtin über die Schulter und humpelte los. Anya strampelte und zappelte.

„Lass mich sofort wieder runter, du Wüstling. Ich bin doch keine Wildsau!", fauchte sie.

„Doch, aber die süßeste die mir je begegnet ist.", gab er zurück und verpasste ihr einen Klaps auf den Hintern. Die Augen der rothaarigen Hexe wurden kurz groß. Dann stützte sie sich mit den Ellenbogen an Johns Rücken ab und legte das Kinn auf ihre geballten Fäuste.

„Männer!", murmelte sie schmollend.

II. Die Auserwählte

Nachdem Anyas Wut verraucht war und sie sich beruhigt hatte, fragte sie John, was das war, das sie getroffen hatte.

„Keine Ahnung. Ich war es nicht, also woher soll ich das wissen? Frag doch mal Myrddin. Er kann dir bestimmt mehr sagen."

„Der stichelt doch eh gleich wieder rum.", murmelte sie und sah John von unten mit schiefem Blick an. Er schmunzelte und legte seinen Arm um ihre Schulter.

„Na komm schon, gehen wir zu ihm.", sagte er und sie begaben sich zurück zu der Lichtung, wo Myrddin auf sie wartete.

„Ah ... sehr gut, dass ihr zurückkommt.", sagte der Magier.

„Was hat mich da eigentlich eben so umgehauen?", fragte die junge Hexe zaghaft.

„Das Stückchen Menschlichkeit das du an der Festung in deinem Zorn abgestoßen hattest. Außerdem hast du eben etwas liegengelassen.", sagte er und überreichte ihr den Stab mit dem roten Kristall.

„Den wirst du noch dringend benötigen."

„Ich verstehe nicht, wieso ich den bekommen habe."

„Den hast du nicht bekommen, er hat dich gefunden und vor dir selbst beschützt."

Erst jetzt bemerkte sie das kleine Grüppchen, das sich an der Burgmauer gebildet hatte. Ihre Augen wurden groß, bei dem, was sie sah.

„Oh ... das glaube ich nicht." Sie rieb sich die Augen und schaute nochmal, aber sie hatte sich nicht geirrt.

„Jonas?"

Die Versammelten drehten sich um und der Polizist grinste über beide Ohren.

„Anya?"

Beide konnten es nicht fassen und liefen aufeinander zu. Sie umarmten sich.

„Ich habe nicht geglaubt dich ... euch je wieder zu sehen. Es war so schrecklich."

„Hey, wie viel graue Haare sind dazu gekommen?", fragte eine schelmisch lachende schwarzhaarige Frau.

„Ariel." Die beiden hopsten wie aufgeregte Teenies auf einer Stelle, die gerade ihren Lieblingsstar gesehen hatten. Auch das wiedersehen mit Sarah, Yasmina und den anderen war ein ergreifender Moment den Myrddin und John beobachteten.

„Also ich freue mich ja, Anya so glücklich zu sehen, aber was ist überhaupt passiert, dass sie so überkandidelt vor Freude ist?", fragte der Lebensgefährte der Hexe.

„Du weißt es nicht?"

„Nee. Was sollte ich denn wissen?"

„Nichts, nichts. Es wird wohl seine Gründe haben, weshalb sie dir nichts gesagt hat."

John sah den Magier nachdenklich an und sein Blick veränderte sich zu einem fragenden.

Myrddin legte dem Mann seine Hand auf die Schulter.

„Weißt du John, es gibt Momente, da sollte man die eine oder andere Begebenheit so hinnehmen wie sie ist. Dies ist einer dieser Momente." Mit diesen Worten ließ er ihn stehen.

Lucius hob seinen Stab und forderte alle auf, sich bei ihm zu versammeln. In diesem Moment trafen auch Damona und Naresa ein die erstaunt waren John, Jonas, Yakup und Pierre zu sehen.

„Öhm ... was ist hier los?", fragte die Dämonin.

„Äh ... vorgestern waren die doch alle noch tot.", merkte die Dryade an und kratzte sich am Kopf.

„Seltsame Welt ...", flüsterte sie.

„Nichts ist unmöglich.", murmelte Lucius.

„Toyotaaa ...", kam es synchron von Jonas und Yakup. Lucius sah Myrddin an.

„Also bleibende Schäden haben die nicht davon getragen."

„Stimmt! Die hatten sie schon vorher.", meinte der alte Druide.

In der Hölle

Asmodeus sah in den Strudel, den er immer ‚Höllen-TV' nannte. Über ihn konnte er sehen, was sich dort abspielte, wo er gerade hinschauen wollte, in diesem Fall die Welt der Menschen. Francois De Lombard metzelte in der verwüsteten Stadt überlebende Menschen bestialisch ab. Der Fürst der Finsternis lächelte kalt.

„Herrlich, er scheint es ja regelrecht zu genießen die Menschen zu massakrieren." Asmodeus rieb sich die Hände und freute sich diebisch. Doch dann erstarb schlagartig seine Freude. Drei Gestalten mit Kapuzen erschienen hinter De Lombard. Von einem Moment zum nächsten verschwand das Bild. Der Fürst der Finsternis tobte vor Wut.

Der Schlächter hielt die Fackel an den Scheiterhaufen, auf dem drei Menschen angekettet waren, da wurde er in seinem Vorhaben unterbrochen.

„Such dir doch mal Gegner in deiner Klasse, du perverser Feigling!", erklang eine Stimme hinter ihm. De Lombard ruckte herum. Seine grausam entstellte Fratze verzog die Überreste des Mundes zu einem kalten Lächeln. Er sah drei Gestalten mit Kapuzenmänteln. Rotglühende Augen starrten ihn an. Der blutrünstige Dämon winkte seine sechs Häscher herbei.

„Vernichtet sie!", befahl er knapp und wandte sich wieder dem Scheiterhaufen zu. Die angeketteten Frauen schrien ihr Angst und Panik in die Nacht hinaus. Er nahm die Verzweiflung und Todesangst der Menschen in sich auf, um sich daran zu nähren. Erneut näherte er die Fackel dem trockenen Holz und Reisig des Holzstoßes. Das Schreien wurde lauter.

„Sagte ich nicht etwas von ebenbürtigen Gegnern statt Opfern?"

De Lombard ruckte herum und sah keinen seiner Leute mehr, dafür sechs glühende Aschehaufen. Die Gestalten sahen zu Boden. Die Mittlere hob verächtlich die Hand.

„Amateure …", sagte sie.

Der Schlächter warf knurrend die Fackel weg, zog sein Rapier und richtete die Klinge auf die mittlere Kapuzengestalt. Die anderen beiden vergrößerten den Abstand zueinander und umkreisten den teuflischen Mörder.

„Und das nennst du fair?", fragte er zornig.

„Von Fair Play *dir gegenüber* habe ich nichts gesagt." Die Gestalten setzten sich in Bewegung und gingen im Kreis um ihn herum. Das erste der Schattenwesen blieb stehen und das zweite verschmolz mit ihm, schließlich auch das dritte. Sie waren zu einer festen Gestalt geworden. Mit stoischer Gelassenheit zog das Wesen ein Schwert unter seinem Mantel hervor. Dabei verschob sich die Kapuze und Francois konnte das Gesicht erkennen.

„Was … du?", fragte er ungläubig und das war sein Fehler. Die Gestalt nutzte die Unachtsamkeit ihres Gegners aus, sprang vor, entwaffnete den Dämon, packte den Unterkiefer des Monsters und mit einem hässlichen Knacken riss sie ihm den Kiefer ab. Der Schatten warf das schwarzblutende Gesichtsteil angewidert weg, drehte sich wie ein Derwisch im Kreis, holte dabei mit dem Schwert aus und trennte dem Schlächter von Paris mit einem gezielten Hieb den Kopf von den Schultern. Mit einem Platschen landete der Schädel auf dem Boden. Der Körper sackte in die Knie und fiel nach ein paar Sekunden nach vorn über. Die Augen De Lombards drehten sich in die Richtung des Schattens. Der schaute verächtlich nach unten.

„Sagte ich doch, Amateure!" Er hob seinen Fuß und zertrat den Kopf, der mit dem knirschenden Geräusch brüchiger Keramik zerplatzte. Ein paar Sekunden später zerfielen die Reste De Lombards zu Asche. Der Schatten sammelte das Rapier ein, ging zu dem Scheiterhaufen und blieb vor den zitternden Frauen stehen. Seine rotglühenden Augen entfachte ihre Angst von neuem. Er hob die Hand, schnippte mit den Fingern und der Strudel öffnete sich wieder.

„Sieh genau her Asmodeus, deine Häscher sind vernichtet. Wie vor kurzem schon mal jemand zu dir sagte, *so lange du nur Versager schickst, ist alles im grünen Bereich.*", sagte der Schatten und lachte. Er hob sein Schwert und zerschlug die Ketten der Gefangenen. Er half den Frauen vom Scheiterhaufen herunter zu kommen.

„Bringt euch in Sicherheit.", flüsterte er und löste sich vor ihren Augen auf.

„Deine Lakaien sind aber auch nicht mehr das, was sie mal waren.", äußerte sich Callista und lachte. Asmodeus ruckte herum und sah sie ungnädig an.

„Ich kann mich nicht daran erinnern, dich nach deiner Meinung gefragt zu haben!", fauchte er bissig.

„Finde lieber heraus, wer dieses verdammte Kapuzenmännchen ist!" Dann verließ er wortlos seinen Thronsaal. Callista setzte sich auf den Thron und lächelte finster.

Avalon

Ein junger Mann lächelte Naresa an. Er legte seine Hand auf ihren Hintern und drückte ihn sanft.

„Ich habe nur noch ein paar Monate zu leben, hat mein Arzt mir vor ein paar Tagen gesagt. Wollen wir ..."

Die Dryade musterte ihn während seines Vortrags von oben bis unten, schmunzelte und unterbrach ihn.

„Es werden nur noch Sekunden sein, wenn du nicht augenblicklich deine Wichsgriffel da wegnimmst!" Ihre Augen leuchteten kurz orange auf und ihre Stimme klang eiskalt. Er wurde blass, der Schweiß stieg ihm auf die Stirn. Er drehte sich auf der Stelle um und ging zügig davon.

„Was hast du denn dem Bilderbuchburschen gesagt, dass er so eilig wegging?", fragte Damona, die einen Moment später zu ihr kam.

„Och ... ich habe ihm nur schonend erklärt, dass ich kein Interesse an einer Fünf-Minuten-Affäre habe."

„So lange?"

„Na ja, ich schätze seine männlichen Qualitäten gerade großzügig ein."

„Dein Charme ist mal wieder unübertrefflich."

„Egal. Was liegt an?", fragte die Dryade.

„Ich habe eine Idee wie wir das Gemetzel an den Menschen endlich beenden könnten."

„Das klingt nach einem Plan. Wissen die anderen es schon?"

„Nö. Ich wollte es Meister Myrddin erst sagen, nachdem ich mit dir darüber gesprochen habe."

„Okay, leg los. Ich bin zu jeder Schandtat bereit."

Wie eine silberne Scheibe stand der Vollmond am schwarzen Nachthimmel. Sein fahles Licht beleuchtete die kleine Kirchenruine die dadurch noch unheimlicher wirkte als ohnehin schon. Im Inneren flammten die Kerzen auf und eine Feuerwand entstand. Zwei Gestalten schritten daraus hervor. Der Fürst der Finsternis und der Annihilator.

„Sieh es dir genau an! Es sind nur Feiglinge. Wo sind sie denn nun?", zischte Asmodeus verächtlich.

„Mein Gebieter, hier stimmt etwas nicht.", merkte die Kreatur mit der silbernen Maske an. Ein Rascheln ließ die beiden herum rucken.

„Gut erkannt, kleiner Silberling!", sagte eine Frauenstimme aus einer dunklen Ecke heraus. Das leise Geklapper und metallische Klingen von Rüstungsteilen begleitete die Person, die aus dem Schatten eines Wandvorsprungs hervortrat.

„Aha ... die kleine Tochter des Waldgottes gibt sich die Ehre.", gab Asmodeus von sich und lachte schallend. Der Annihilator sah sich hektisch um, denn plötzlich kamen weitere Gestalten aus den dunklen Ecken der Kirche hervor. Es waren fünf an der Zahl. Die Gestalt mit der Silbermaske wurde unruhig.

„Gebieter, es ist eine Falle!", schrie sie. Asmodeus lachte als er Ariel, Damona, Daria, Sarah und Yasmina erkannte. Die Bemerkung des Annihilators überhörte er. Er hob seinen Arm und zeigte auf Bastets Tochter.

„Schön dass ihr euch zum Sterben eingefunden habt. Dann könnt ihr Delia in der Zwischenwelt oder im Fegefeuer Gesellschaft leisten. Genau dort wo du jetzt stehst, hat mein Annihilator Delia getötet. Du stehst praktisch in ihrem Blut."

Yasmina war kurz vorm Platzen, ließ sich aber nichts anmerken. Sie machte eine fahrige Handbewegung und die Ruine verwandelte sich in eine völlig intakte Kirche.

„Es ist so herrlich dich mit deinen eigenen Waffen zu schlagen, du Bastard!", flüsterte sie.

„Dieser Ort hat seinen alten Glanz und seine alte Macht zurück. Man nennt das ein Trugbild."

Asmodeus zuckte hektisch mit der Hand, aber es tat sich nichts. Die Ungläubigkeit in seinen Augen wich der Angst. Daria verwandelte sich in ihre ursprüngliche Gestalt, die eines Gargoyles. Mit finsterer grollender Stimme sagte sie:

„Vielleicht hättest du auf dein Schoßhündchen hören sollen."

Von der Situation völlig überrascht suchte Asmodeus sein Heil in der Flucht. Er wollte die Kirche verlassen, aber der Gargoyle versperrte ihm den Weg. Daria packte den Fürsten der Finsternis am Hals.

„Na na, wohin so eilig? Du wolltest uns doch nicht schon verlassen, oder? Jetzt, wo es gerad so gemütlich wird.", knurrte sie und warf den Gehörnten wie eine Puppe durch eines der Fenster, welches in tausende Splitter zerplatzte. Sie stapfte hinterher und marschierte unbeeindruckt durch das feste Mauerwerk, das in Brocken davon flog. Der Annihilator sprang Daria von hinten an und holte mit der klingenbestückten Hand aus. Das Gargoylemädchen war aber schneller und riss der Gestalt, ohne zu zögern, den Arm ab. Der Annihilator schrie vor Schmerz auf und fiel auf den Boden. Schwarzes Blut tropfte auf den sandigen Weg, der die Kirche umsäumte und verdampfte. Der Arm der Kreatur zuckte, ging in Flammen auf und es blieb nur glühende Asche zurück.

„Überraschung! Das ist geweihte Erde.", knurrte Daria. Trotz der schweren Verwundung lief der Annihilator auf seinen Gebieter zu, packte ihn und verließ das Kirchengelände. Ein Flirren erfüllte die Luft und eine rothaarige Frau mit Hörnern tauchte auf. Callista war erschienen und rettete die beiden. Sie lösten sich auf und waren fort.

„Na dein Plan hat ja großartig funktioniert!", motzte Yasmina ungehalten.

„Nur Geduld, das hat er auch.", erwiderte Daria und verwandelte sich in das Mädchen zurück. Sie trat gegen die zurückgebliebenen Klingen in der Asche. Kleine Knochenstücke von den Fingern hingen daran. Ein jämmerlicher Blitz leuchtete auf und die Klingen waren verschwunden.

„Genau nach Plan …", murmelte Daria wissend lächelnd.

„Wo sind wir hier? Was soll das?", fragte Asmodeus ungehalten.

„Vorerst in Sicherheit. Hier werden die uns nicht suchen.", antwortete Callista. Sie sah sich um und sie lauschte der Stille.

„Ein Wald? Bist du jetzt total durch geknallt? Wir haben hier …", meuterte der Annihilator und wurde von Callista unterbrochen.

„Schweig, Hündchen! Die haben unsere Kräfte so beeinträchtigt, dass wir praktisch auf Notstrom laufen. Und der Zugang in deine Dimension ist uns verwehrt.", sagte die rothaarige Schönheit und sah ihrem Vater dabei in die Augen.

„Wir werden gerade mit deiner eigenen Vorgehensweise ausgebremst.", ergänzte sie. Asmodeus holte tief Luft und wollte etwas sagen, da fiel ihm etwas auf. Er starrte den Annihilator an.

„Dein Arm, du hast ihn wieder?"

„Wir sind noch in der Welt der Menschen und scheinbar ist dein Schoßhündchen nicht so stark vonden Einschränkungen betroffen.", merkte Callista an.

„Aber wer verdammt ist dafür verantwortlich? Diese Hand voll Weiber wohl kaum!", giftete der Fürst der Finsternis.

„Nein, aber die.", ätzte Callista.

„Wer sind *die*?"

Ein Rascheln in den Bäumen ließ die drei aufhorchen. Aus drei Richtungen kam es auf sie zu.

„Wir sind … *die*!", brummelte eine dunkle Männerstimme aus der Dunkelheit und drei Kristalle leuchteten auf. Ein blauer, ein gelber und ein roter. Dann traten Myrddin, Lucius und Anya aus dem Unterholz hervor.

Asmodeus sah die Magier und die Hexe irritiert an. Er fasste es nicht, dass sie ihn so überrumpeln konnten.

„Wo sind wir hier überhaupt? Ich verlange eine Erklärung!", knurrte der Gehörnte gereizt.

„Oh, ich vergaß. Wir sind dort wo du alles angefangen hast, dort wo du Yasmina in eine Falle gelockt hast.", erklärte Myrddin.

„Nein! Wo ich sie hingelockt hatte. Ich wollte sie vernichten, denn sie stand mir und meinem Gebieter im Weg! Und bei nächster Gelegenheit werde ich es wieder versuchen!", sagte der Annihilator siegessicher.

„Ich glaube nicht, dass du jemals eine weitere Chance dazu bekommen wirst!", sagte eine eiskalte Frauenstimme neben der Gestalt mit der Silbermaske. Sie materialisierte sich. Eine Frau mit blassgrüner Haut, schwarzgrünen Haaren und orange leuchtenden Augen tauchte neben ihr auf. Naresa rammte eines ihrer Schwerter unter der letzten Rippe durch den Leib des Annihilators, bis es am Schulterblatt wieder austrat. Unter der Silbermaske erklang ein Stöhnen und gurgeln. Schwarzes Blut trat unter dem Gesichtsschutz hervor und strömte wie ein kleiner Bach am Hals entlang. Es vereinte sich mit dem, welches aus der grün schimmernden Stichwunde sickerte. An ein paar Stellen der Lichtung flirrte die Luft und Yasmina, Sarah, Damona, Daria sowie Ariel erschienen. Naresa sah in die Sehschlitze der silbernen Maske und schaute der Gestalt mit eiskaltem Blick in die Augen.

„Das ist für meinen Vater!", grollte sie verhasst und drehte die Klinge um neunzig Grad. Der Annihilator stöhnte gequält auf. Die Augen weiteten sich. Im Vorbeigehen zog Daria Naresas zweites Schwert aus deren Halterung und rammte es an der anderen Körperseite des Annihilators hindurch, so dass sich die Klingen hinter dem Nacken der Gestalt kreuzten. Auch sie drehte die Waffe um neunzig Grad.

„Das ist für die Dryaden und die Menschen die du getötet hast!", zischte das Mädchen. Am Ende kam Damona direkt von vorn auf die Gestalt zu. Langsam zog sie einen Dolch unter ihrem Mantel hervor. Sie setzte ihn am Hals des Annihilators an und zog ihn ruckartig von einer zur anderen Seite durch. Schwarzes Blut spritzte ihr ins Gesicht und über den Arm.

„Und das ist für meine Schwester, du Monstrum!" Ihre Stimme klang nicht weniger verhasst als die ihrer Gefährtinnen.

Asmodeus lachte irre.

„Warum zerfällt dieses … Ding nicht zu Asche?", fragte Naresa verwundert.

„Weil sie körperlich immer noch ein Mensch ist. Sorry … war.", erklärte der Fürst der Finsternis dreckig lachend und amüsierte sich königlich. Der Annihilator sackte zu Boden und hockte vornübergebeugt auf dem sandigen Untergrund. Nur die Griffe der Schwerter hielten ihn in dieser bizarren Stellung. Ariel trat vor und riss der Gestalt die Kapuze zurück und die Maske herunter und erschrak. Die weißen Augen nahmen wieder normale Farbe an, die schwarzen Striche und Verästelungen auf ihrer fahlen Haut zogen sich zurück und offenbarten ein menschliches Gesicht, das alle kannten. Ein blaues Leuchten verließ den toten Körper und verschwand im Wald. Ariel wich entsetzt zurück und ein markerschütternder Schrei brachte auch den letzten beteiligten aus der Fassung.

„Luna!", schrie Yasmina und sank weinend auf die Knie. Diesen Moment nutzten Callista und Asmodeus zur Flucht.

12. Kurzer Prozess

Sie stolperten aus dem eilig errichteten Portal in den Thronsaal in der Hölle.

„Das war knapp. Warum hast du so getrödelt?", fauchte Asmodeus seine Tochter an. Sie reagierte gar nicht darauf, ging ein paar Schritte vor und deutete auf den hochlehnigen Stuhl mit den Totenschädeln und Knochen. Seine Augen wurden groß.

„Wie …" Weiter kam er nicht. Er war zu geschockt von der Person, die sich darauf rekelte.

„Ja, ich habe dich auch vermisst, Arschloch." Die halbnackte Frau mit den keltischen Tätowierungen, den schwarzen Haaren und dem frechen Grinsen sah ihn amüsiert an.

„Damit hast du wohl nicht gerechnet, oder?", fragte sie ihn.

„Delia … wie …", stammelte er. Die Frau erhob sich von dem Thron und schritt auf ihn zu.

„Vielleicht erinnerst du dich, ich war hier mal zu Hause."

Sie lächelte kalt und ihre sonst schwarzen Augen glühten rot.

„Aber ich wollte nicht gehen ohne mich von dir gebührend zu verabschieden.", säuselte sie. Dann flirrte die Luft an drei Stellen und mit Kapuzenmänteln bekleidete Schatten kamen hervor.

„Ihr schon wieder?", fragte er erstaunt.

„Soll das eine Verschwörung werden?"

„Wieso werden? Du steckst mitten drin!", antwortete Delia anstelle der Schatten.

„Wer seid ihr?" In diesem Moment vereinten sich die drei Wesen zu einem einzigen und nahmen eine feste

Gestalt an. Die Augen leuchteten rot auf. Wieder war es Delia, die das Wort ergriff.

„Als dein Handlanger mich tötete, hat er geglaubt es mit dem Dolch von Caldor zu tun. Den habe ich aber am Blutfelsen ausgetauscht und ihn in mich aufgenommen. Ich wusste, was du vorhattest, und konnte den Spieß umdrehen. Ich gab Luzifer die Kraft zu entkommen. Die Seelen von Yasmina, Sarah, Alenya und Ariel verbannten wir ebenso wie die von Lilith in das Seelengefängnis. Außerdem befand sich noch jemand darin, der ebenfalls noch eine Rechnung mit dir offen hat."

„Ach … und der wäre?", fragte Asmodeus lachend.

„Ich! Ich habe noch etwas mit dir zu klären und jetzt rechnen wir ab!", sagte der Schatten, trat ein paar Schritte auf den Fürsten der Finsternis zu. Die Augen leuchteten jetzt noch greller. Der Umhang öffnete sich etwas und der Griff von De Lombards Rapier lugte hervor. Asmodeus wurde blass, seine Augen weiteten sich. Langsam griff die Gestalt nach ihrer Kapuze und zog sie nach hinten weg. Eine lange rotgelockte Mähne kam zum Vorschein, aus denen Widderhörner wuchsen. Asmodeus Gesichtszüge entgleisten. Er war sprach- und fassungslos.

„Aber … das kann nicht sein. Nicht du!", stammelte er.

„Ich habe mich doch genau an die Prophezeiung gehalten."

„So ist es nun mal. Mal verliert man, mal gewinnen die anderen.", sagte die Frau leise.

„Callista, das … das geht nicht, das kann nicht sein." Asmodeus zitterte wie ein verängstigtes Kaninchen, das in die Ecke getrieben wurde. Wie ein Raubtier das seine Beute umkreist, schlich Callista um ihn herum.

„Was willst du von mir? Was habe ich dir getan, dass du deinen Vater so hintergehst?", fragte er bibbernd. Sie hob eine Hand und Eisenketten schossen aus dem Boden die sich um seine Hand- und Fußgelenke legten und fest verschlossen. Er war nahezu unbeweglich, so stramm saßen sie.

„Du fragst allen Ernstes was du mir getan hast? Echt jetzt?" Sie schüttelte mit dem Kopf.

„Vor über 4000 Jahren hast du mich getötet, um dir eine starke Verstärkung zu verschaffen, wenn es zu eng für dich wird. Du hast schon damals auf Luzifers Thron geschielt, nur um ihn mit meiner Hilfe an dich zu reißen.

Dir war jedes Mittel recht um deine dir neu geschaffenen Feinde zu vernichten. Als sich neue Gefahren für deine Herrschaft entwickelten hast du mit deinem Willen eine Frau durch Diener des Kreuzes vernichten lassen, sie neu geformt und ferngesteuert und so aussehen lassen wie mich. Dumm für dich dass sie ungestüm und draufgängerisch war. Gut für mich dass sie mir nicht das Wasser reichen konnte. Aber durch die Lehren und die Ausbildung Luzifers habe ich erkannt, worauf es ankam. Er lehrte mich so einiges. Als dann der einstige Engel Ariel erwachte, bekamst du es mit der Angst zu tun. Du holtest Alenya zurück, um Ariel zu vernichten. Netter Plan, aber er ging nicht auf, denn sie wurde nicht zu der Bestie, die du dir gewünscht hast, das wusste Luzifer zu verhindern. Sie fand Freunde unter Menschen, die ihr zur Seite standen. Sogar Götter und Dämonen verbanden sich mit ihr. Ich habe mit Luzifer dafür gesorgt, dass sie als Nonne zurückkehrte."

Callista holte Luft und seufzte. Sie sah ihn hämisch grinsend an.

„Du hast wirklich geglaubt, dass ich Luzifers Gefangene war? Wie naiv von dir. Er war mein Liebhaber und mein Mentor, der mir zeigte, dass es Wichtigeres gab als die Tyranneien, die du mir einst beibrachtest. Außerdem war ich über die Jahrtausende so oft in der Welt der Menschen, dass ich es kaum noch zählen kann. Je mehr ich über sie lernte, umso mehr lernte ich sie schätzen."

Asmodeus war sprachlos. Nach und nach sah er seine Welt zerbrechen. Er holte zu einer Demütigung aus.

„Du dummes Weib. Du bist dem Saft meiner Lenden entsprungen und ich kann dich auch so wieder verschwinden lassen. Du bist nichts weiter als ein Fehltritt meiner männlichen Lust von einst!"

„Na jetzt hast du es mir aber gegeben. Ich bin beeindruckt.", konterte sie lachend.

„Du hast vielleicht einen Fehltritt erschaffen, aber meinem Schoß entsprangen die besten Wesen die ich je empfangen konnte. Eines hast du einem meiner Liebhaber und mir genommen, aber die anderen beiden leben und sind mächtiger, als du es je sein wirst."

„Die da wären?", erkundigte er sich.

„Mutter, darf ich?", fragte Delia. Der dunkle Fürst starrte die Dämonin an, die langsam hinter ihn trat.

„Ja, du darfst.", antwortete Callista und lächelte mit rotglühenden Augen. Asmodeus spürte einen Stich im

Rücken und er schrie auf vor Schmerz. Etwas hatte sich in seinen Körper gebohrt und trat am Brustbein wieder aus. Er sah an sich herunter und erkannte eine gewellte Klinge, die aus seiner Brust hervortrat.

Erst jetzt erkannte er, dass er den größten Fehler seines Lebens begangen hatte. Er hatte seine Tochter unterschätzt und sich seine Enkelkinder zum Feind gemacht.

„Autsch! Das tut bestimmt weh. Er ist aus Silber, Eisen, dem Blut eines Engels und eines Dämons gefertigt. Dazu ist er geweiht. Das ist Caldors Dolch. Er wird dir dein Ende bereiten. Na ja, nicht sofort. Er wird dich erst mal bannen. Denn bevor ich dich erledige, sollst du noch etwas wissen, *Großvater*."

In diesem Moment erschien ein rötlicher Nebelwirbel und Anya schritt heraus, gefolgt von Lilith und einer jungen rotblonden Frau. Sie trugen lange schwarze Mäntel, Blusen und Hosen.

„Was soll dieser Mumpitz? Und was machst du hier Lilith? Ich habe dich ins Fegefeuer verbannt!", schrie Asmodeus. Callista übernahm erneut das Wort.

„Anya und Isabella sind ebenso wie Delia meine Kinder. Nur der Vater dieser wundervollen Hexe ist Jonas Drake. Ich verführte ihn in Terrastone in einer Zeitverschiebung.[1] Lilith übertrug ihr all ihre Kräfte und Macht." Sie zeigte dabei auf Anya.

„Isabella hingegen bekam bereits bei ihrer Geburt alle Kräfte, die sie heute besitzt. Und nun, mein verräterischer Erzeuger, haben wir noch eine Botschaft von Luzifer für dich."

Anya ging zu Asmodeus und sah ihm tief in die Augen.

„Was starrst du mich so an?", fauchte er die junge Hexe an.

„Ich wollte dem Stück Scheiße in die Augen sehen, das Freunde von mir und meine Schwestern auf dem Gewissen hat!", knurrte sie. Griff unter ihren Umhang und zog zwei Hörner darunter hervor.

„Liebe Grüße vom Lichtbringer!", schrie Anya und rammte Asmodeus Luzifers Hörner in die Augen. Schwarzes Blut schoss daraus hervor. Der selbsternannte Höllenherrscher schrie wie am Spieß. Delia griff nach dem Rapier, welcher an dem Gürtel ihrer Mutter hing, zog ihn aus der Scheide und schlug mit rasender Ge-

---

[1] „Der Seelenjäger"

schwindigkeit die Arme und Beine des Fürsten ab. Der Rumpf fiel wie ein nasser Sack zu Boden. Noch immer schrie er unter Schmerzen.

„Das wollte ich doch machen.", murrte Delia und verzog ihr Gesicht zu dem eines Kindes, welchem man das Spielzeug weggenommen hatte.

„Du darfst auch gleich, Schwesterherz.", sagte Anya. Isabella zog unter ihrem Mantel einen schräg abgebrochenen Oberschenkelknochen hervor und zeigte ihn Asmodeus.

„Guck mal, liebe Grüße aus der Komturei und von den tausenden Opfern dort." Sie lachte schadenfroh.

„Der gehörte mal meiner Mutter und zerbrach, als du aus ihren Knochen einen Thron bauen lassen hast. Ein Templerschmied hat ihn mit Silber überzogen, ihn mit magischen Schriftzeichen versehen, ihn im Vatikan geweiht und vom Papst segnen lassen."

Asmodeus Schreie gingen in ein Winseln über. Anya legte ihre Hand auf die Gelenkkugel des silbernen Knochens und beide Hexen murmelten Formeln und einige Sätze in einer längst ausgestorbenen Sprache, dann rammten sie ihn gemeinsam in das schwarze Herz des Fürsten der Finsternis. Das Winseln verstummte. Delia sah verächtlich auf ihren Mörder herab.

„Bevor ich gehe, hier noch mein Abschiedsgruß!", sagte sie und schlug ihm den Kopf ab. Die Frauen standen eine Weile so da. Callista kam hinzu und sagte:

„Meine Kinder, es ist Zeit zu gehen. Eure Freunde warten." Sie umarmten sich und eine nach der anderen verschwand. Lilith stand als Letzte da.

„Jetzt kannst du mit mir machen was du willst, Callista.", flüsterte sie und kniete sich hin.

„Richte mich, für das was ich dir vor langer Zeit angetan habe." Sie spielte damit auf ihre Beteiligung an Callistas Tötung durch Asmodeus an.

„Das werde ich auch!", erwiderte diese. Sie hob ihre Hände, errichtete ein Portal und schupste sie hindurch. Sie hielt es noch einen Moment offen und sah, wie Lilith sich erstaunt in einem Wald erhob. Zwischen den Bäumen war eine große Burg zu erkennen. Sie blickte ins Portal. Callista lächelte.

„Du hast durch dein Opfer gesühnt, das reicht mir.", sagte sie lächelnd und schloss den Durchgang.

Auf der Lichtung öffnete sich ein Portal. Myrddin, Lucius und die anderen sahen sich an. Niemand kam heraus und sie gingen in Verteidigungsstellung. Etwas kam durch das Dimensionstor und rollte vor Myrddins Füße. Es waren zwei Arme und Beine, anschließend kullerte Asmodeus abgetrennter Kopf dazu.

„Unser Kind ist gerächt.", rief eine Frauenstimme und das Tor schloss sich wieder.

„Entsorgen wir den Abfall erst und kümmern uns dann um Jonas und die anderen oder umgekehrt?", fragte Myrddin.

„Erst den Abfall, sonst haben wir hier einen Gammelfleischskandal.", antwortete Lucius grinsend.

Ein dumpfes Dröhnen und aufdringliches Piepsen drang an ihre Ohren. Alles um sie herum war dunkel, aber sie hörte Stimmen, die wie in weiter Ferne miteinander sprachen. Sie konnte kein Wort verstehen. Sie versuchte, sich zu bewegen, ein Signal zu geben, dass sie wach ist, aber es blieb bei dem Versuch. Es fühlte sich an, als bestünde ihr Körper aus Blei. Mühsam konnte sie die Augen einen Spalt öffnen. Alles, was sie sah, war eine große helle Fläche mit ein paar dunklen Flecken, die sich bewegten.

Warum kann ich nichts sehen?, war ihr erster Gedanke.

Und, warum höre ich nicht vernünftig?

Sie versuchte, sich zur Seite zu drehen, aber ein rasender Schmerz zuckte durch ihren ganzen Körper.

Schmerz ist da, also lebe ich!, dachte sie.

Sie blinzelte ein paarmal und konnte ihre Augen jetzt ganz öffnen. Die Sehschärfe kehrte langsam zurück. Von Minute zu Minute klarte ihr Blick immer mehr auf. Sie sah einen bärtigen Mann, der sich mit einer schwarzhaarigen Frau in einem weinroten lockeren Anzug unterhielt. Sie drehte ihre Augen in alle Richtungen und erkannte Geräte mit bunten Lämpchen, die wild blinkten. Die piependen Geräusche wurden klarer, Sie wollte schlucken, aber es misslang. Irgendetwas blockierte ihren Hals. Sie geriet in Panik.

Was ist das in meinem Hals?, dachte sie.

Der bärtige Mann sah in ihre Richtung und zeigte auf etwas rechts neben ihr. Er kam ihr bekannt vor. Doch … woher kannte sie ihn? Erneut versuchte sie, ihren Arm zu bewegen. Es kostete sie viel Kraft, aber es gelang ihr, ihre Finger zu bewegen. Schwach, aber es klappte. Ein dumpfer Schmerz in ihrem Kopf traf sie so heftig, dass sie kurz die Augen schloss.

Als sie sie wieder öffnete, war es um sie herum dunkel. Das Piepen war noch da und das Blinken der bunten Lämpchen an den Apparaturen erhellte schwach die Umgebung. Es schien noch eine weitere Lichtquelle zu geben, denn irgendetwas strahlte schwach nach oben. Sie erkannte eine Zimmerdecke.

Ich bin also in einem Raum mit Geräten.

Sie bewegte ihre Finger.

Juhu, es klappt.

Sie versuchte es weiter. Auch in die Arme kam Bewegung sowie in ihre Beine. Allerdings war es schmerzhaft. Sie versuchte, ihren Kopf zu heben. Das war schon schwieriger, aber es klappte lange genug um zu sehen, dass ihr rechtes Bein auf einer Erhöhung lag und die Zehenspitzen aus einem Gipsverband schauten.

Was ist denn bloß passiert? Warum bin ich in diesem komischen Raum?

Das eintönige Piepen ging ihr auf die Nerven. Sie schaute nach rechts auf eines der Geräte. Eine digitale Kurve zeigte den Herzschlag an.

Wundervoll, ich lebe.

Sie schluckte und es ging ohne Probleme. Mit der Zunge fuhr sie sich über die Lippen. Sie bewegte den Mund und schnitt Grimassen, um die Muskulatur auf Vordermann zu bringen. Sie lächelte.

„Genug Sport für heute.", krächzte sie leise.

Oh, Sprache habe ich auch., dachte sie.

„Kann ja nur besser werden.", flüsterte sie. Ihre Stimme klang schon klarer. Ein Geräusch, ein Rascheln auf der linken Seite ließ sie herum rucken. Ein stechender Schmerz zuckte durch ihren Nacken, die Schulter bis in den Brustkorb hinein.

„Aua! So eine Scheiße! Was ist denn das nun wieder?", maulte sie leise. Sie rieb sich den Nacken, da wurde es etwas besser. Dann sah sie dahin, woher das Rascheln eben kam. Der bärtige Mann, denn sie vorhin gesehen hatte, saß schlafend in einem Sessel. Er schnarchte leise. Er kam ihr vertraut vor. Auch sein Schnarchen erinnerte sie an irgendwas. Sie konnte sich nur keinen Reim darauf machen, woher sie ihn kannte.

„Mama?", erklang eine verschlafene junge Frauenstimme aus der gegenüberliegenden Ecke des Raumes. Sie sah erschrocken rüber und erkannte nur einen dunklen Schatten, der sich langsam aus einem Sessel erhob und eine Decke bei Seite legte. Die Silhouette bewegte eine Hand und das Licht wurde etwas heller. Jetzt konnte sie das Mädchen sehen. Schlank, langes rabenschwarzes Haar das am Hintern endete und orientalisches Aussehen. Sie trug einen knöchellangen, schwarzen Ledermantel unter dem ein T-Shirt hervorschien mit dem Aufdruck Arch Enemy und einem Symbol. Eine Figur betonende eng anliegende Lederhose, die an den Seiten geschnürt war und Haut zeigte sowie Motorradstiefel komplettierten das Outfit.

„Wer sind Sie? … sind Sie ein Metalhead oder sowas?", fragte sie das Mädchen. Es wirkte nicht bedrohlich auf sie, eher vertraut.

„ … und warum nennen Sie mich … *Mama?*"

Das Mädchen kam auf sie zu, blieb vor dem Bett stehen, beugte sich hinunter und umarmte sie.

„Weil du meine Mutter bist und ich dich vermisst habe.", flüsterte die junge Frau ihr ins Ohr. Die Stimme des Mädchens zitterte und sie spürte Tränen, die auf ihre Wange fielen und an ihrem Ohr entlang liefen. Sie fühlte eine vertraute Wärme und auch ihr kamen die Tränen. Sie war verwirrt. Was passierte da gerade mit ihr?

Sie drückte das Mädchen sanft von sich und sah ihr in die Augen.

„Und jetzt müssen Sie … musst du … mir mal erklären wie hier gerade abläuft.", sagte sie.

Ein Blitzgewitter zuckte kurz vor ihren Augen. Sie sah einen Felsen, an dem sie mit vier weiteren Frauen und einer Kreatur angekettet war. Eine davon war das Mädchen in diesem Zimmer. Ein bärtiger Mann mit Hörnern und finsterem Blick, eine rothaarige Frau mit Widderhörnern starrten sie an. Die Frau stand teilnahmslos da und der Mann lachte gehässig. Irgendwie kamen die beiden ihr bekannt vor. Aber auch hier wusste sie nicht woher.

Es raschelte, quietschte und knarrte links von ihr.

„Muss mal geölt werden das Teil oder … Yasmina?" Der bärtige Mann sah erstaunt und erfreut zu ihr rüber. Er sprang auf und umarmte sie. Er überhäufte ihr Gesicht mit Küssen. Mit Tränen der Freude sah er sie an und lächelte.

„Mein Schatz, endlich!" Er küsste sie auf den Mund. Als er sich von ihr löste, sah sie ihn verwirrt an. Nicht dass es ihr nicht gefiel, aber sie fühlte sich überrannt.

„ …und … und wer sind Sie?", fragte sie zaghaft.

Er sah sie verwundert an.

„Ich bin es, Jonas. Dein Mann Jonas Drake."

„Äh … ich bin eben erst Mutter einer erwachsenen Frau geworden und nun soll ich auch noch verheiratet sein? Irgendwie geht mir das alles gerade zu schnell!" Sie zog sich die Bettdecke komplett übers Gesicht.

„Ah … verstehe. *Ich sehe dich nicht, dann siehst du mich auch nicht.* Das hat Sarah immer gemacht, wenn sie Mist gebaut hatte. Das funktioniert aber nicht mehr.", sagte Jonas schmunzelnd und zog die Decke weg. Aber zu seinem Erstaunen war sie tatsächlich weg.

„Okay … also ihre Fähigkeiten hat sie noch.", murmelte er, sah seine Tochter an und sie nickte.

„Wir müssen sie finden bevor die Ärzte etwas merken.", sagte er und die beiden verließen das Zimmer.

Ein paar Minuten später öffnete sich die Schranktür und Yasmina schaute vorsichtig um die Ecke.

Sie sind weg!, dachte sie und ging wieder ins Bett. Sie lag noch lange Zeit da und dachte über das nach, was ihr die beiden erzählt hatten. Sie spürte, dass die Gefühle ihres Besuchs echt waren. Irgendwann schlief sie dann ein.

Sie träumte merkwürdige Dinge. Da war eine riesige Burg, die im weiteren Verlauf mit Feuerbällen beschossen wurde. Der erste traf einen der Türme auf dem der Mann, der sagte, er sei ihr Ehemann und ein merkwürdiges Wesen mit Flügeln standen. Sie verglühten, als die Feuerkugel einschlug. Sie zerstörte das obere Drittel des Turms. Dann sah sie, wie die Burg durch mehrere kleine Explosionen zerstört wurde und eine gigantische Detonation schließlich alles vernichtete. Eine Feuerwalze bildete sich und dann war da nur noch Feuer. Aus dieser kam eine rothaarige Frau mit einem Wanderstab heraus, der an seiner Spitze einen rotglühenden Kristall trug. Die Frau schritt auf sie zu und sah sie mit rotglühenden Augen an.

„Anya?", sagte sie fragend.

Woher kenne ich ihren Namen?, dachte sie.

Die Frau reagierte nicht und ging stur weiter, dann löste sie sich auf.

Das nächste, was sie sah, waren eine schwarzhaarige Frau mit einer weißen Haarsträhne und eine mit schwarzgrünen Haaren.

„Yasmina, schön dich zu sehen.", sprach die mit der Strähne und ihr wuchsen kleine Hörnchen aus der Stirn sowie Flügel aus dem Rücken. Die andere verwandelte sich in eine grünhäutige Schönheit, die mit zwei Schwertern und mehren Dolchen bewaffnet war.

„Damona … Naresa?" Als sie den zweiten Namen aussprach, wachte sie schweißgebadet auf.

„Deine Erinnerungen kommen zurück, das ist gut.", sagte eine Stimme, die von überall herzukommen schien.

„Na toll, verrückt bin ich auch noch!", murmelte sie.

„Nicht wirklich." Dieses Mal klang die Stimme klarer. Sie kam aus dem Zimmer, in dem sie lag. Sie erschrak. Rotglühende Augen sahen sie aus dem Sessel an, in dem Stunden zuvor das Mädchen Sarah gesessen hatte. Langsam erhob sich die Person und Yasmina erkannte nur einen Schatten. Gelockte Haare umrandeten den Kopf der Person. Widderhörner wuchsen heraus. Yasmina zitterte.

„Sind wir … Freunde … oder … Feinde?", fragte sie ängstlich.

„Das wird die Zukunft zeigen.", erwiderte sie und löste sich auf.

Yasmina schaltete das Licht an und stellte fest, dass sie alleine in dem Zimmer war. Ihr wurde bewusst, dass es kein Traum war, sondern Erinnerungen. Trotz allem schlief sie schnell wieder ein.

Sie schlug die Augen auf und schloss sie sofort wieder. Die Sonne blendete sie.

„Guten Morgen, Sie Langschläferin.", sprach eine freundliche junge Frauenstimme sie von der linken Seite an. Es war eine schwarzhaarige Krankenschwester, die Geräte im Zimmer an die gegenüberliegende Wand schob. Sie war nicht älter als zwanzig Jahre, eher jünger.

„Das ist Körperverletzung und seelische Grausamkeit, was Sie hier mit mir machen!", maulte Yasmina und zog sich die Bettdecke über den Kopf. Zwei Minuten blinzelte sie unter der Decke hervor.

„Was ist mit mir passiert und warum bin ich hier?", fragte sie. Die Schwester wandte sich ihr zu und setzte sich ans Fußende des Bettes.

„Sie hatten einen schlimmen Autounfall vor sechs Monaten, aber mehr kann und darf ich Ihnen nicht sagen. Ich hole eben den behandelnden Arzt, Doktor Morton.", erklärte sie, erhob sich und verließ das Zimmer.

Wenige Minuten später kam die Krankenschwester mit dem Arzt zurück.

„Guten Tag Frau Drake, mein Name ist Ando Morton und ich bin Ihr behandelnder Arzt.", stellte er sich vor.

„Schwester Solveig haben Sie ja schon kennengelernt." Ein stechender Schmerz in Yasminas Kopf und ein Blitzen erzeugten ein kurzes Bild. Doktor Morton saß tot an seinem Schreibtisch und die Schwester rettete sie vor einem Killer mit einer silbernen Maske.

„Ist mit Ihnen alles in Ordnung Frau Drake?", fragte der Arzt, der bemerkte wie sie sich an den Kopf fasste.

„Ja, nur … ein Bild das ich nicht zuordnen kann."

„Das sind möglicherweise Flashbacks. Die tauchen oft bei Patienten auf, die lange im Koma lagen."

Yasmina wechselte das Thema.

„Schwester Solveig erzählte etwas von einem Autounfall. War ich alleine im Auto?"

Der Arzt räusperte sich.

„Nein. Eine Ariel Hübner, Anya Doe und Ihre Tochter Sarah befanden sich auch darin."

Also stimmte es doch: Das Mädchen von vorhin ist tatsächlich ihre Tochter.

„Was ist mit den anderen beiden? Sind sie …"

„Nein. Es geht ihnen gut."

Yasmina atmete erleichtert auf.

„Wissen Sie, das eigentliche Wunder ist, dass Sie und die anderen Frauen zur selben Zeit aus dem Koma erwachten. Nur bei Ihnen dauerte alles etwas länger, weil wir Sie erneut operieren mussten."

„Wieso, was war denn passiert?"

„Wir mussten Ihnen zwei Eisenstücke aus dem Kopf entnehmen, die wir vorher nicht gesehen hatten."

„Was für Eisenstücke? Ich verstehe nicht ganz."

„Die müssen Sie sich bei dem Unfall zugezogen haben. Wir haben auch keine Erklärung dafür, wie das Röntgen das übersehen konnte. Aber nun ist alles gut und in schätzungsweise einer Woche können wir Sie entlassen."

„Wann sind wir aufgewacht?"

„Vor zwei Monaten. Aber … da ist Besuch für Sie.", beendete der Arzt das Gespräch.

„Ich werde morgen wieder nach Ihnen schauen, Frau Drake."

„Doktor Morton, eine Frage habe ich da noch."

„Ja bitte?"

„Wo bin ich hier? Und … nun sagen Sie bitte nicht im Krankenhaus, das weiß ich schon.", sagte sie lächelnd.

„Im Zentralkrankenhaus Malmö."

„Oh … Schweden."

Der Arzt lächelte, drückte ihre Hand und verließ das Zimmer. Keine fünf Minuten später betraten mehrere Frauen das Zimmer. Sie freuten sich alle darüber, dass es ihr gut ging und drückten sie eine nach der anderen. Einige erkannte Yasmina aus dem Traum wieder.

„Anya, Ariel … ich bin überwältigt.", stammelte sie mit Freudentränen in den Augen. Bei jeder Berührung jeder Einzelnen kehrten die Erinnerungen an sie zurück. Dann traten noch ein paar Männer ein, darunter Jonas. Doch da geschah etwas, dass sie verwirrte und ängstigte. Alle verharrten in ihren Bewegungen, als wären sie eingefroren. Ein Flirren entstand und eine weitere Frau erschien. Es war eine junge Blondine, blass, schlank, zierlich mit einem weißen Kleid bekleidet. Sie lächelte. Ein Leuchten umgab sie und ließ sie engelsgleich erscheinen. Sie reichte Yasmina die Hand, die sie wie ferngesteuert ergriff. Im selben Moment standen sie in einer kleinen alten Kirche.

Links und rechts vom Altar formierten sich mehrere Geister. Es war ein Chor und Yasmina erkannte Gesichter wieder, darunter Bruder Raul, der Templerbruder, den sie sehr mochte und es schmerzte sie, ihn so zu sehen. Er lächelte und schien glücklich zu sein. Sie sah sich die Geister genau an. Es waren all jene, die sie auf ihrem Weg begleitet hatten und ihr Leben für den Kampf gegen das Böse gaben. Einer der Geister sah sie schelmisch grinsend an.

„Delia …", hauchte sie und Tränen rannen ihr über das Gesicht.

Schlagartig kamen alle Erinnerungen zurück.

Der Tod ihrer Freunde, der Sieg über Asmodeus, die Zerstörung der Festung, einfach alles.

Sie fuhr herum und sah das blonde Mädchen an.

„Luna?", fragte sie mit großen Augen.

„Ja, Mama."

Sie fielen sich in die Arme und beide weinten.

Der Chor sang „Abide with me", ein Kirchenlied aus dem 19. Jahrhundert.

„Mama, verzeih mir was ich getan habe, was ich euch allen angetan habe."

Luna weinte und es zerriss Yasmina das Herz ihre Tochter so zu sehen. Nie hatte sie eine solche Wärme von ihr gespürt wie in diesem Moment. Nie waren sie sich so nahe wie jetzt.

„Ich stand unter dem Einfluss des Asmodeus und war nicht stark genug der Macht zu widerstehen die mir verliehen wurde. Ich weiß dass ich das geschehene nicht rückgängig machen kann, aber es tut mir so unendlich leid." Ihre Stimme versagte.

„Ich wünschte ich könnte alles ungeschehen machen.", flüsterte Luna mit tränennassen Augen.

„Ich verzeihe dir, mein Kind …", stammelte Yasmina mit zitternder Stimme und nahm das Mädchen nochmal in die Arme.

„Aber das ist noch nicht alles. Ich möchte dich um noch etwas bitten."

Die Ägypterin sah Luna tief in die Augen. Ihr fragender Blick bedurfte keiner Worte.

„Du musst Naresa, Damona und Daria vergeben."

„Das kann ich nicht.", murmelte sie zähneknirschend. Sie erinnerte sich daran, wie die drei Frauen den Annihilator vernichteten und somit Luna.

„Du musst! Ich habe ihnen bereits vergeben und verziehen. Ich habe meinen Frieden mit ihnen gemacht, denn sie haben mich nicht getötet, sondern erlöst." Sie schwieg einen Moment und sah ihre Mutter flehend an.

„Bitte Mama … nur so kann ich endgültig meinen Frieden finden."

„Yasmina, höre auf sie. Ich habe ihr auch verziehen obwohl es mir nicht leicht fiel.", sagte Delia, die sich vom Chor gelöst hatte und zu den beiden gekommen war.

„Sie konnte nichts dafür. Sie war nie ein Monster, sie wurde durch Nina Zander zu einem gemacht. Vergiss das bitte nie."

Yasmina schluckte hart und sie spürte, dass ihrer Tochter und ihrer Freundin sehr viel daran lag. Auch wenn es sie enorme Überwindung kostete, sie nickte.

„Wenn es euer Wunsch ist …"

Luna und Delia lächelten und umarmten sie.

„Danke Mama.", flüsterte sie. Über dem Altar öffnete sich ein Strudel, aus dem helles sanftes Licht schien.

„Werde ich euch je wieder sehen?", fragte Yasmina schluchzend.

„Hey, ich bin zig mal aus der Hölle ausgebüxt, da werde ich auch von da oben bestimmt mal einen Ausflug machen dürfen.", antwortete die schwarzhaarige Ex-Dämonin frech grinsend.

Delia und Luna sahen nach oben in den Wirbel. Sie breiteten ihre Arme aus und aus ihren Rücken wuchsen strahlend weiße Flügel. Sie hoben ab und stiegen langsam auf, dann verschwanden sie und der Geisterchor in dem Licht. Ein paar Sekunden später schloss sich der Wirbel und nur Kerzenlicht erhellte die kleine Kirche. Ein schabendes Geräusch hinter ihr veranlasste Yasmina sich umzudrehen.

Vor ihr standen Daria, Naresa und Damona mit Tränen in den Augen. Wortlos ging sie auf die drei zu und nahm sie in die Arme. Es fühlte sich gut für sie an, jetzt, wo sie die ganze Wahrheit kannte … auch wenn es sie starke Überwindung kostete.

Sie verließen die kleine Kirche, ohne ein Wort zu sagen.

Aus dem Schatten eines Baumes trat eine Silhouette hervor und steifte die Kapuze ihres Mantels zurück. Sie sah den vier Frauen lächelnd hinterher.

Aus dem Nichts erschien neben ihr eine weitere Gestalt mit einem mannshohen Wanderstab, an dessen Spitze ein roter Kristall leuchtete.

„Sie hat so viel durchgemacht. Hoffentlich verkraftet sie es, Mutter."

„Das wird sie, Anya. Sie ist stark. Außerdem hat sie ja dich an ihrer Seite.", antwortete Callista und die ungleichen Frauen lösten sich auf. Nur ein kleines grünglitzerndes Fläschchen blieb auf dem Moos des Waldbodens zurück.

ENDE